너에게 보내는 편지

정태성 수필집 (15)

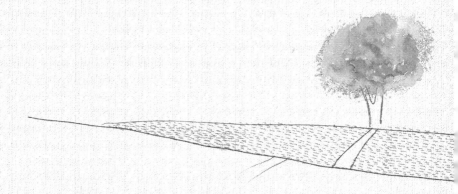

도서출판 코스모스

너에게 보내는 편지

정태성 수필집 (15)

도서출판 코스모스

머리말

 마음을 터놓을 수 있는 누군가가 있다는 것은 분명 행복한 것이 아닐까 생각합니다. 살아가다 보면 기쁨과 행복도 있지만, 아픔과 상처 그리고 불행도 있습니다. 힘들 때 누군가에게 이야기할 수 있다면 그나마 그 아픔을 조금은 줄어들지 않을까 싶습니다.

 이 책에 나오는 친구는 어떤 구체적인 한 명은 아닙니다. 제가 마음을 나눌 수 있는 그 누구라고 생각하면 될 듯합니다. 그가 예전에 제가 알고 있는 친구일 수도 있고, 현재 주위에 있는 사람일 수도 있으며 상상 속의 인물일 수도 있습니다.

 그 누군가에게 저의 마음을 터놓고 싶었습니다. 그 친구에게 아무 생각 없이 우연히 글을 쓰게 되었고, 글을 쓰면서 저의 마음이 편해졌습니다. 그리고 그것을 모아 보았습니다. 아픔과 상처가 없는 사람은 없을 것입니다. 제가 쓴 글이 어느 한 분에게라도 조그마한 위로가 되었으면 좋겠습니다.

2022. 11.

글쓴이

차례

차례

친구야,
삶은 힘들지만 그래도 살만한 거겠지?

너는 어디에

친구야,

겨울은 서서히 물러가고 이제 따뜻한 봄이 오려는가 봐. 장갑을 끼지 않아도 되고 찬바람에 몸을 움츠리지 않아도 되는 걸 보면 긴 겨울도 끝에 다다른 것 같아.

추운 겨울은 그렇게 가고 있지만, 내 마음은 아직도 하얀 눈 덮인 벌판에서 찬 바람만 불고 있는 느낌이야. 오늘따라 네가 그리운 것은 따뜻했던 너의 푸근한 마음 때문이 아니었나 싶어.

너만큼 나를 이해해 주는 사람이 있었을까? 지금 주위를 아무리 둘러봐도 너만큼 있는 그대로의 나의 모습을 보려고 하는 사람도 없고, 나의 진정한 내면에 관해 관심이 있는 사람도 없어.

요즘 다른 사람에게 비치는 나의 모습은 진정한 내가 아닌 그 사람의 색안경의 빛깔에 따라 달라 보이는 모습인 것 같아 마음이 아플 뿐이야.

나의 모습은 그저 한두 가지로 결정되는 것이 아닐 텐데 많은 사람은 내가 가지고 있는 그 한두 가지로 나를 판단하고 결정하지.

너는 나의 모습이 어떨지라도 너의 관점에서 판단하지 않고 순수하게 나의 모든 면을 보려고 노력했던 유일한 사람이었어. 네가 나에 대해 섣불리 판단하지 않으려고 노력했던 그 자체가 이점을 충분히 증명하고도 남을 거야.

어떤 사람은 나의 한 면을 가지고 그것이 전부인 것처럼 생각해. 게다가 그 한 면으로 나에 대해 다 아는 것처럼 그렇게 말하고 판단하며 결정해 버리기도 하지.

너와 함께 했던 그 시절이 점점 더 그리워지는 이유는 무엇일까? 살아간다는 것이 별것이 아니라는 것을 그때 알았더라면 다른 모습으로 살아왔을 텐데, 내가 너무 어리석었다는 생각이 들어.

내가 어떠한 일을 해도 받아주고, 내가 잘못을 해도 오히려 네가 미안해하고, 나의 속마음을 다 털어놓아도 다 들어주는 네가 있었기에 내 인생에서 그때가 제일 행복했었어.

이제는 너를 만나지도 못하고, 소식도 들을 수 없으니 마음 한구석에 남아 있는 너에 대한 그리움은 점점 더 커져가는 것만 같아.

오늘이라도 네가 나에게 달려올 수 있다면 얼마나 좋을까. 아니 네가 어디 있는지 알기만 하면 내가 지금이라도 당장 달려갈 텐데 그럴 수가 없으니 마음이 너무 허전할 뿐이야.

그때는 내가 말만 해도 너는 나에게 달려왔고, 내가 내킬 때 아무 때나 너에게 달려갔건만, 지금은 그 누구도 나에게 오지 않고, 내가 달려갈 사람도 없어.

오늘도 이렇게 해는 지는데 먼 하늘을 바라보며 너를 생각하고 있어. 너는 지금 어디서 무엇을 하고 있을지, 건강하게 잘 지내고는 있는지 너무 궁금하지만 알 수가 없구나.

원래 나는 그리 낙천적이지도 않고 행복을 추구하지도 않았지만, 오늘따라 왠지 그렇게 살아올 걸 하는 생각이 들어.

친구야,

나한테 무슨 말이라도 해 줄 수는 없는 거니?

아! 겨울이 다 지나가고 이제 따뜻한 봄이 오고 있으니 기운을 내라고? 그동안 열심히 살았으니 후회하지 말라고? 최선을 다했으니 그것으로 충분하다고?

글쎄, 그런 것은 다 필요 없고 너와 함께 했던 그 시간으로 돌아갈 수 있기만을 바라는 내 마음은 무엇 때문인 걸까?

2. 남아 있는 시간이라도

친구야,

요즘엔 왠지 시간에 대해 많이 생각하게 돼. 우리에게 주어지는 시간은 얼마나 되는 것일까? 매일 아침에 일어나면 별일 없을 것 같아도 언젠가 우리에게는 그 평범한 하루가 더 이상 주어지지 않을 거야. 삶에는 당연한 것이 존재하지 않는 것 같아. 우리가 오늘을 살아가는 것은 어쩌면 기적일지도 몰라.

한없이 주어지는 날이 아니기에 하루하루를 새롭게 살아가고 싶어. 어제보다 나은 오늘, 오늘보다 나은 내일을 위해 새로운 마음으로 하루를 맞이하고 싶어.

어제보다 아픈 오늘이 아니었으면 좋겠어. 어제보다 슬픈 오늘도 원하지 않아. 어제보다 힘들고 고통스러운 오늘도 싫고, 지나간 어제의 어두움을 다 털어내고 싶어.

내가 지내는 오늘은 다시 돌아오지 않기에 밝고 기쁜 하루로 만들어야 할 것 같아. 후회하지 않을 오늘을 위해 나 자신을 사랑하고 행복하고 싶어.

날마다 새롭게 해야 함이 그런 이유가 아닐까 해. 어제 어떤 일이 일어났건 이미 다 지나간 것이니 생각할 필요도 없는 것 같아.

새로운 오늘을 힘들었던 어제로 연장하고 싶지 않아. 나만 그런 생각을 하는 것은 아니겠지? 너도 아마 그런 생각을 하고 있으리라 믿어.

친구야,

너도 매일 살아가는 하루가 그리 쉽지는 않겠지. 하지만 우리에게 주어진 시간이나마 즐겁게 살아가면 어떨까 싶어. 나도 힘든 일들이 많이 있지만, 힘들게 버티어 가고 있다는 것을 너는 알 거야.

지금 창밖을 바라보니 너무나 푸른 하늘이 보여. 저 하늘처럼 우리의 삶이 항상 푸르지는 않겠지만, 좋은 날도 있었고 행복했던 순간도 있었으니 기쁘고 즐거운 시간이 우리에게 다시 있을 것이라 믿고 싶어. 지금 이 글을 보고 있다면 너도 창밖의 푸른 하늘을 바라보기를 바래. 너를 생각하는 나를 기억하면서.

3. 음지와 양지

친구야,
겨울이 가고 있지만 봄은 멀었는지 아직은 많이 쌀쌀한 아침이
야. 지난번에 시를 하나 썼는데 오늘 갑자기 네 생각이 났어. 너
에게 그 시를 부쳐주고 싶다는 생각이 들어 펜을 들었어.

〈음지가 양지 되어〉

너무 오랜 세월
빛을 보기도 힘들어

춥고 축축하고
찾는 이 없어

희망만 바라고
미래만 바랐던 시절

이제 그 시절은 끝나고

따뜻한 햇살이 비추니

조금만 더 기다리라
이제 곧 양지리니

　그동안 나는 음지에서 오래도록 살아왔던 것 같아. 내가 친구들 앞에 나타난 것도 얼마 되지 않는다는 것을 너도 잘 알 거야. 그동안 나는 사람들을 거의 만나지도 않았고 누구와 함께 무언가를 같이 한 것도 별로 없었던 것 같아. 친구들이 그립고 만나고 싶었는데도 혼자서 외로이 햇살만 바라며 고개를 숙이며 살아왔어.

　모든 사람에게는 어느 정도의 음지가 있는 게 아닐까 싶어. 나에게는 유난히 커다란 음지가 있어. 아직 그 누구에게도 말하지 못하는 나의 인생 전체를 둘러싼 음지, 부모님과 가족도 모르는 그런 암울했던 음지가 나에겐 있어. 앞으로도 그 누구에게도 이야기하지는 못할 거야. 내가 더 나이가 들어 이 세상을 떠나게 되는 날까지도 아마 그것은 비밀로 남아 있게 될 거야.

　그 음지를 생각할 때마다 나도 모르게 그냥 눈물이 나곤 해. 그 눈물을 알아주는 사람도 없었고, 닦아주는 사람도 없었지. 그 음지가 양지가 되기를 얼마나 바라고 원했는지 몰라.

　살아가다 보면 여러 가지 크기의 인생의 음지가 우리에게는 있는 것 같아. 음지에 있을 때는 춥고 외롭지만, 시간이 지나면 언젠가는 양지가 될 거라고 믿기는 해. 하지만 아직도 음지가 있는 나의 삶의 한 조각을 바라볼 때마다 나는 너무 우울하고 슬픈 것을 인정하지 않을 수가 없어.

너를 비롯해서 가까운 친구들과 많은 이야기를 나눌 때 나의 그 커다란 음지를 보여주고 싶은 생각이 들기는 해. 이야기라도 하면 조금은 따뜻해질 것 같다는 생각이 들어. 그렇게 할 수 있다면 나는 조금은 위로받고 편하게 될지도 모르지. 하지만 아마 그렇게 되지는 않을 것 같아.

주위의 사람들이 현재의 나의 모습을 보면서 나에게는 아픔이나 상처가 하나도 없었을 것 같다는 말을 많이 하곤 해. 정말 그럴까? 가까운 가족이나 친한 친구들에게도 보여주지 못하는 상처의 크기가 어느 정도인지 사람들은 잘 모를 거야.

내가 가끔씩 너에게 버린다는 이야기를 한 것을 기억하고 있니? 내가 무언가를 버릴 수 있는 것은 바로 내가 가지고 있는 그 커다란 음지 때문이야. 내가 버릴 수 있는 것은 버림을 받아봤기에 가능한 것 같아. 그것도 조그만 버림이 아닌 완전한 버림.

나는 네가 무언가를 버리지 못하겠다는 말을 들었을 때 한편으로는 다행이라고 생각했고, 다른 한편으로는 부럽다는 생각이 들었어. 네가 가지고 있는 음지는 그렇게 크지 않고, 너는 아직 완전한 버림을 받지는 않았다는 것을 알았기 때문이야.

솔직히 말해 젊었을 때의 너의 모습을 보면 나는 너무 부러웠어. 네가 어떻게 생각할지 모르지만 내가 본 너의 젊은 시절은 양지로 가득했거든. 네 주위엔 가까운 친구를 비롯해 항상 많은 사람으로 북적였지. 게다가 하는 일도 너무나 잘 되었고. 네 주위의 공간은 내가 너에게 이야기를 나눌 수 있는 기회조차 없는 꽉 찬 공간이었던 것을 아는지 모르겠다.

나는 가끔 내 마음의 창에 드리워져 있는 커튼을 의식적으로 걷어내곤 해. 조그만 햇살이라도 더 받아서 내 마음의 음지를 줄이려고 노력을 하는 거야. 그 노력이 부질없다는 것을 알기도 하지만, 아무것도 하지 않는 것보다는 나을 것 같아서 그래.

나는 네가 지금 어떤 상황에 처해 있는지, 음지 가운데 있는 것이지 잘 알지는 못해. 그냥 느낌으로 또 하나의 음지를 경험하고 있는 것은 아닐까 하는 생각이 들어. 만약 그렇다면 바라건대 너도 네 마음의 창에 걸려 있는 커튼을 조금이라도 열어 보려고 노력하기를 바래. 물론 그것이 힘이 들겠지만, 너무 애는 쓰지 말고 천천히 여유를 가지고 조금씩이라도 햇살을 그리워했으면 좋겠어.

친구야,

내가 보내는 이 편지가 너에게 아무런 도움이 되지 않는다는 것도 잘 알아. 힘내라고, 걱정하지 말라고, 다 잘될 거라고, 좋은 날이 올 거라고 이야기를 해도 너에게는 아무런 위로가 되지 않고 그러한 말이 너의 귀에 들어오지도 않는다는 것을 어느 정도는 알아.

그런데도 내가 이 편지를 쓰는 것을 보면 나는 참 바보가 아닐까 싶어. 너는 바보 친구를 하나 갖고 있다는 것이나 알려주려고 이 편지를 쓰고 있는지도 모르겠네. 그래도 바보처럼 너에게 편지를 쓰는 이유를 나도 잘 모르겠어. 아마 그것은 내가 힘들었을 때 네가 나에게 힘을 주고 용기를 주어 그런 것인지도 몰라.

네가 나에게 한 말을 너는 기억하고 있는지 모르겠다. 소중했던 네가 나에게 해 준 말은 아직도 내 마음속 깊은 곳에 남아 있어. 아마 그 말은 영원히 나의 가슴에서 사라지지 않을 거야. 너는 나에게 그런 힘을 주었는데 나는 너에게 아무런 도움이 되지도 못하는 것 같아서 미안하다.

이제 조금 있으면 봄이 오겠지? 지금은 어렵겠지만 따뜻한 봄날에 가까운 교외라도 같이 나갈 수 있기를 바래.

4. 노을

친구야,

제주에 와서 너에게 편지를 쓰고 있어. 애월에서 저녁을 먹고 바닷가를 천천히 산책을 했어. 해가 뉘엿뉘엿 지는 모습이 너무 아름다워서 한참이나 노을을 바라보았지. 핸드폰으로 사진을 찍었는데 직접 눈으로 보는 것하고는 많이 다르게 나와 조금 아쉬운 마음이 들어. 내가 보내는 사진 한 번 보길 바래.

노을을 보니 많은 생각이 드는 것은 무슨 이유일까? 한낮의 뜨거웠던 태양이 수평선 너머로 사라지는 것을 보니 조금은 아쉽기도 하지만 한편으로는 부럽기도 해.

태양이 자신이 가지고 있는 모든 것을 가지고 바닷속으로 사라지듯 우리가 가지고 있는 많은 좋지 않은 것도 한순간에 모두 사라져 버리면 얼마나 좋을까? 살아오면서 받았던 아픔과 상처, 홀로 되었을 때 느끼는 외로움, 누군가를 싫어했던 미움, 참을 수 없는 분노, 부당한 대우로 인한 서러움, 견딜 수 없었던 고통, 이러한 것들이 저 태양이 노을을 남기고 사라져 버리듯 그렇게 한꺼번에 다 없어져 버리면 얼마나 좋을까 하는 생각이 들어.

태양은 저렇게 사라지면서 아름다운 노을이라도 남기는 데 왜 우리는 그렇지 못하는 걸까? 우리는 살아가면서 겪은 좋지 않은 일들이 그리 쉽게 사라지지도 않고 사라진다고 해서 남겨지는 것은 치유 받지 못하는 그러한 곪아버린 상처인지도 몰라. 그 상처는 영원히 삶의 흔적으로 남아 수시로 우리를 괴롭히기도 하고, 우리의 앞날을 방해하기도 하는 것 같아. 우리 삶에는 저 태양처럼 사라지고 나서 아름다운 노을이 되는 것은 그리 많지 않은 것 같다는 생각이야.

시간이 지나면 해결이 되긴 하는 걸까? 노을이 사라져 깜깜한 밤이 되면 저 높은 하늘에 별이 나와 빛나듯 그렇게 우리의 아픔과 고통도 언젠가 빛나는 은하수 속의 별이라도 될 수 있는 것일까? 그렇다면 정말 얼마나 좋을까? 이루어지지는 않겠지만 그런 희망이라도 가지고 살아가야 하는 걸까?

지는 해를 한참이나 바라보다 보니 어느새 노을도 다 사라져 버렸어. 이제 주위는 어두컴컴해져서 더 이상 아무것도 볼 수 없을 때까지 한참이나 바닷가에 앉아 있었어. 아직 별이 나오지는 않을 것 같아서 그 자리에서 일어나 천천히 바닷가를 걸었지. 어두워져서 그런지 갑자기 추위가 몰려오길래 할 수 없이 차로 돌아왔어. 한참이나 머물렀던 그 자리를 떠나 다시 해안 도로를 타고 달렸어.

친구야,

네가 가지고 있는 아픔과 상처도 저 바닷가의 노을처럼 언젠가 아름다운 추억으로 되길 바래. 시간이 지나 그것이 가능할지는 모르지만 그래도 그러한 희망이라도 품어보도록 하자. 어두운 밤에도 별이 빛나듯이, 아무리 어려운 우리의 삶의 시간에도 어딘가에서는 별이 오롯이 빛나고 있을 거라고 믿어. 다음에 기회가 되면 제주에 와서 내가 보던 노을을 같이 볼 수 있기를 희망해 보면서 오늘은 이만 줄일게.

5. 모차르트 피아노 소나타

친구야,

겨울이 지나 봄의 시작을 알리는 봄비가 촉촉이 내리는 것처럼, 숲속에서 작은 새들이 속삭이듯 지저귀는 것처럼, 풀잎에 젖은 이슬이 영롱한 것처럼, 단순하면서도 맑은 피아노 선율이 들려오고 있어. 이 곡은 모차르트 피아노 소나타 16번 2악장이야.

이 음악을 들으니 복잡하고 피곤했던 나의 마음은 어느새 사라져 버리고, 피아노 소리에 내 마음을 빼앗긴 채 하던 일을 멈추고 말았어. 커피 한 잔이 생각이 나 주방으로 발걸음을 옮겼지. 예쁜 커피잔에 따뜻한 커피를 가득 채워 모차르트를 다시 들으며 눈을 감았어.

이 곡을 많이 듣지는 않는데 왠지 친숙하고, 늘 곁에 있었던 친구처럼 편안해. 미움도 사라져 버리고 아픔도 잠시나마 잊게 해 주는 이 소나타는 마치 마술사 같아.

모차르트는 비록 젊은 나이에 세상을 떠났지만, 삶의 슬픔과 기쁨을 충분히 경험하고 알았던 것이 아닐까? 인생의 깊이를 모른 채 이러한 음악이 만들어질 수 있었을 것 같지는 않아. 그에게 있었던 삶의 비애가 이 음악의 어딘가에서 단순하면서도 깊이 있게 나의 마음을 울리는 것을 부인할 수 없어.

세상이 혼탁하고 삶이 복잡할수록 단순함이 필요하지 않을까 싶어. 모차르트의 피아노 소나타처럼 우리의 영혼을 울려주는 것은 순수함이지, 화려함이 결코 아닌 것 같아.

모차르트가 피아노 소나타 16번 2악장 안단테에서 나에게 말을 거는 것 같아.

"많은 것을 바라지 말고, 가지고 있는 것에 만족하고 감사하며, 단순하게 살아가는 것이 어때? 삶은 원래 복잡하게 생각할수록 더욱 복잡하게 되는 것이고, 삶의 어두운 면에 침잠할수록 더욱 수렁으로 빠져들 수밖에 없으니 맑고 푸른 하늘을 바라보며 긍정적으로 살아가면 더 좋지 않을까? 겨울이 지나가면 따뜻한 봄이 오듯 어렵고 힘든 일도 언젠가 다 지나갈 거야. 마음 편히 단순하게 살아가려고 노력해 봐. 내가 지은 이 피아노 소나타처럼 말이야"

모차르트가 한 말에 내가 대답을 했어.

"그래 그 말이 맞는 것 같아. 모든 것을 받아들이며 이슬처럼 맑게 물처럼 단순하게 그렇게 살아가야겠다. 어차피 별 차이가 없잖아."

나는 다시 모차르트의 피아노 소나타를 들으며 따뜻한 커피잔을 두 손으로 감쌌어.

친구야,

너도 오늘은 잠시나마 바쁜 마음을 내려놓고 좋아하는 음악이라도 들어보길 바래. 삶은 그리 바쁘게 살지 않아도 충분히 가치가 있는 것 같아. 꼭 해야 할 것을 하지 않더라도 우리는 충분히 행복할 수 있을 거야. 우리 모차르트의 소나타처럼 단순하고 편안하게 살아가 보도록 하자.

6. 템플 스테이

친구야,

오늘은 오랜만에 템플스테이에 왔어. 너도 알다시피 나는 일 년에 서너 번은 산사에 가서 하루 쉬고 오곤 해. 내가 왜 템플스테이를 가는지 너는 잘 아는지 모르겠다.

세상에서 살다 보면 세상에 젖어 들어 살기 마련인 것 같아. 물에 들어가면 원하지 않아도 나의 몸이 물에 젖는 것처럼 세상에 속해 있다 보면 나의 삶을 위한 시간이 내가 원하지 않는 일들로 채워지곤 하지. 나는 세상이 조금은 무섭다는 생각이 들어. 정신 모르게 살아가다 보면 진정한 나를 잃어버린 채 살아가고 있는 내 모습에 깜짝깜짝 놀라곤 하지. 내가 나이어야 하거늘 진정한 나는 어디로 가버리고 내가 아닌 누군가가 나의 주인인 것처럼 살아가고 있는 것 같아.

오늘이란 시간은 나의 삶을 위해 주어져 있다는 것을 잘 알거야. 나는 무엇을 위하여 오늘을 살아가고 있는 것일까? 오늘이라는 아름다운 시간을 나는 어떻게 보내고 있는 것일까?

너도 동의하겠지만 삶은 결코 만만하지 않은 것 같아. 잃어버린 시간은 돌이킬 수 없지. 시간은 무조건 앞으로만 갈 뿐 되돌아오지도 않아. 어떻게 시간을 보내건 나에게 주어진 시간은 나에 의해 채워지기 마련이지. 내가 보낸 헛된 시간이, 내가 나의 주인이 아닌 것처럼 소모했던 의미 없는 시간이, 이제는 저 먼 과거의 한 페이지가 되어 나를 부끄럽게 만들고 있어.

나는 왜 나를 잃었던 것일까? 무엇을 위해 사느라 가장 중요한 나를 소외시킨 채 그 많은 시간을 채워왔던 것일까? 나에게 한번밖에 주어지지 않는 시간이라는 연장선에서 나는 어디쯤 서 있는 것일까? 그 연장선이 끝나는 지점에서 나는 어떤 생각을 하며 그 시간을 마무리할까?

물속에 있으면 물이 마르지 않는 것처럼 나의 젖은 몸을 말리기 위해서 나는 물 밖으로 나와야 했어. 잃어버린 나를 찾기 위해 나는 시간이라는 그 연장선에서 잠시 떨어져 나와야 했지. 나를 돌아보기 위해 그리고 진정한 나의 삶의 주인을 찾기 위해 그것이 나에게 주어진 아름다운 시간을 더 잃지 않을 수 있는 하나의 방법이었어.

앞으로 남은 시간이 나에게 얼마나 될지 알 수는 없지만 더 이상 그 소중한 시간을 잃어버리고 싶지는 않아. 진정한 나를 찾아야만, 내가 누구인지를 확실히 알아야만, 나에게 주어진 그 시간을 더 이상 잃어버리지 않을 것만 같다는 생각이 들어.

조용히 나를 돌아볼 수 있는 시간과 공간에서 헛되이 흘려 버릴 수 있는 시간을 없애기 위해 나는 그렇게 산사를 찾곤 해. 깜깜한 밤 조용히 눈을 감고 가끔씩 들려오는 풍경소리에 귀를 기울인 채 나를 찾는 시간 여행을 떠나지. 밤하늘에 빛나는 별들과 수천 년을 이어 내려온 거대한 자연 속에서 홀로 서 있는 나의 모습을 객관적으로 바라보며 앞으로 주어진 남은 시간을 위해 잃어버린 나를 찾으려고 해.

이제는 그 시간이 더 이상 아무런 의미가 없지 않도록 하기 위해 세상을 잠시 떠나 나를 되돌아 보는 것이지. 비록 세상에 돌아오면 또다시 나를 잃어버리게 된다는 것을 알면서도 나는 그렇게 여기 이곳을 떠나 거기 그곳에서 나의 참다운 모습을 되돌리려 노력하곤 해. 나에게 주어진 한 번밖에 없는 삶을 위해, 그 아름다운 시간을 위해 그리고 진정한 나를 찾기 위한 것이 내가 산사를 찾는 이유라고 할 수 있어.

친구야,

기회가 되면 다음에는 너와 함께 템플스테이를 가보면 어떨까 싶어. 이 글을 쓰고 있는 지금 밖에는 바람이 조금 불고 있는지 청아한 풍경소리가 들리고 있어. 우리 다음에는 같이 산사에 와서 우리의 복잡한 마음을 내려놓고 자연과 벗하며 삶의 진정한 의미를 되새겨 보는 기회를 가져 보도록 하자. 너도 나의 생각에 동의할 거라 믿고 오늘은 이만 줄일게.

7. 삼일만 볼 수 있다면

친구야,

오늘은 너도 잘 아는 헬렌 켈러가 쓴 책을 한 권 읽었어. 그 책 제목은 '삼일만 볼 수 있다면'인데 읽는 내내 나의 가슴을 너무나 깊이 울렸어.

헬렌 켈러는 1880년 미국 알라바마 주에서 태어난 지 2년도 되지 않아 심한 질병에 걸렸는데 간신히 목숨을 건지기는 했지만, 그로 인해 그녀는 시각과 청력을 모두 잃게 되지. 설리반이라는 진정한 스승을 만나 그녀는 새로운 삶을 얻게 되고 래드클리프 대학, 당시엔 하버드대학교 부속 여자대학에 입학하게 돼.

평생 시각과 청각장애인으로 살았던 그녀가 단 3일 만이라도 볼 수 있다면 어떠할지에 관해 쓴 글인데 이 글을 읽으며 나는 왠지 모르게 가슴이 먹먹했어.

우리에게는 볼 수 있고 들을 수 있는 것이 너무나 당연한 일이지만 그 당연한 것이 얼마나 소중한 것인지를 잊는 경우가 많은 것 같아. 헬렌 켈러는 많은 사람이 그 소중함을 모르는 게 너무 안타까워 장애가 없는 평범한 사람이 단 며칠만이라도 눈이 멀고 귀가 먹는 경험을 하면 그 평범함의 소중함을 알게 되어 어둠에서 빛을 보는 기쁨과 침묵에서 들을 수 있는 즐거움을 배울 수 있을 것이라 이야기하더라.

어느 날 헬렌 켈러는 눈이 잘 보이는 그녀의 친구가 숲에서 산책을 하고 돌아왔길래 재미난 것을 보았는지 물어봤는데, 그 친구는 특별한 게 없었다고 대답하지. 숲에는 신기한 동물, 식물, 곤충들, 아름다운 물소리가 있는 시냇물 그리고 너무나 아름다운 풍경이 있는데도 특별한 것이 없었다고 답하는 그 친구의 대답에 헬렌 켈러는 놀라고 말지.

볼 수도 없고 들을 수도 없는 그녀는 단지 촉감을 이용해 만지는 것으로도 숲에 있는 너무나 흥미 있는 것을 많이 발견할 수 있었어. 그녀에게 시각과 청각 장애는 삶의 아름다움을 발견하는 데 있어서 아무런 장애가 되지 않았던 거야.

만약 헬렌 켈러 그녀에게 눈으로 볼 수 있는 삼일이 주어진다면 첫날은 그동안 얼굴이 어떻게 생겼는지 알 수 없었던 주위의 좋은 사람들을 만나 그들의 얼굴을 확인하고, 둘째 날에는 세상에 신기한 것들이 많이 모여 있는 박물관으로 가서 구경을 하고, 그리고 마지막 날 아침에는 새벽을 반갑게 맞이한 후 많은 사람들의 평범한 일상을 하루라도 경험하고 싶다고 하더라.

헬렌 켈러의 삶은 정말 위대했던 것 같아. 다른 이들이 다 가지고 있었던 것조차 없었지만 그것이 그녀의 삶에 방해가 되지 않았어. 그녀는 마음의 눈과 마음의 귀로써 우리 일반인보다 더 많은 것을 보고 들을 수 있었던 거야.

그녀의 위대함은 포기하지 않았기에 가능했던 것이 아닐까 싶어. 자신이 가지고 있는 것만으로도 충분히 행복하며 즐겁게 살아가고자 노력했지. 다른 사람을 비교하지 않고 부러워하지 않으며 자신이 할 수 있는 것을 찾아 그것을 했어. 어찌 보면 암울한 운명이었지만 자신의 운명을 기꺼이 받아들였지. 그 받아들임이 그녀의 삶을 바꾸었어. 어떤 것을 가진 것보다 가지지 못함이 어쩌면 삶의 더 커다란 축복인지 모른다는 생각이 들어.

친구야,

우리는 분명 헬렌 켈러보다 가지고 있는 것이 많은 것 같아. 나는 이제 그녀처럼 세상을 더욱 많이 보고 느끼며 살아가고 싶어. 힘이 들어도 그녀를 생각하면 더욱 열심히 살아가야겠다는 생각을 했어. 나도 이번 주말에는 야외에 나가 헬렌 켈러처럼 자연의 아름다움을 마음껏 만끽하고 돌아오려고 해. 너도 좋은 주말을 보내길 바라며 다음에 또 쓰도록 할게.

8. 나의 무지개

친구야,

오늘은 아침부터 종일 비가 왔어. 네가 사는 그곳에도 비가 왔는지 모르겠다. 오후에 비가 그쳤길래 밖으로 나가 하늘을 바라보았어. 그런데 너무나 이쁜 무지개가 나와 있는 거야. 순간 보물을 발견이라도 하듯 내 마음은 뛰기 시작했어.

일곱 빛깔 무지개를 보게 되면 많은 것을 잊게 되는 것 같아. 무지개는 왜 저리 아름다운 것일까? 신비하기도 하고 다른 나라 세상에 온 것 같은 착각도 들어.

무지개는 아무 때나 뜨는 것은 아니라는 것을 너도 잘 알고 있을 거야. 비가 오고 나서야 비로소 우리는 무지개를 볼 수 있지.

자연의 날씨에 맑은 날도 있고 비가 오는 날도 있는 것처럼 우리의 인생에도 여러 종류의 날들이 있기 마련인 듯해. 가만히 생각해 보면 우리에게 있어서 삶은 그러한 것을 모두 경험하라고 주어지는 것이 아닐까 싶어. 이 지구상에는 그 누구도 좋은 일만 겪으며 살아가는 사람은 없고, 마찬가지로 좋지 않은 일만 마주하며 살아가는 사람도 없지. 누구에게나 오르막이 있으면 내리막이 있을 수밖에 없어.

맑은 날이 있으면 비가 오는 날도 있고 비가 오고 나서는 맑은 날에는 볼 수 없는 무지개가 뜨는 것이 아닐까 싶어. 날씨가 좋다고 너무 좋아할 필요도 없고 구름이 끼고 비가 내린다고 해도 우울해할 필요도 없는 것 같아. 우리 삶에는 그렇게 모든 것이 우리에게 주어질 수밖에 없으니 비가 왔다면 그친 후 고개를 들고 하늘에 떠 있는 나의 무지개를 보면 되지 않을까?

저 하늘에 아름다운 무지개가 걸려 있듯 언젠가는 우리의 마음에도 나의 찬란한 무지개가 뜰테니까.

9. 다시 시작해야 하는 아픔

친구야,

어제는 22살이라는 젊은 나이에 백혈병을 극복한 술라이커 저우아드가 쓴 "엉망인 채 완전한 축제"라는 책을 읽었어. 처음 이 책을 잡고는 다 읽을 때까지 손에서 책을 놓을 수가 없었어. 이 책은 그녀의 자서전적 이야기야.

술라이커는 프린스턴 대학을 최우등으로 졸업한 인재였어. 이제 밝은 미래만이 기다리고 있는 줄 알았고, 좋은 직장에서 사회생활도 막 시작한 터였지. 게다가 결혼하게 될지도 모를 그녀가 느끼는 진정한 사랑인 윌도 만났어. 모든 것이 완벽하게 준비된 채 이제 그렇게 꿈꾸던 새로운 시작이 기다리고 있었지. 하지만 백혈병이라는 괴물이 그녀의 미래의 문 앞에 기다리고 있을 줄을 그녀는 상상도 하지 못했어.

술라이커가 백혈병에 걸렸다는 말을 듣고 바로 공항으로 가 비행기를 타겠다는 윌의 전화에 술라이커는 윌이 진심으로 자신을 사랑하고 있고, 자신도 윌이 정말 필요하다는 것을 알게 돼. 그녀에게 있어 윌과의 사랑은 그 어떤 것보다도 백혈병을 이겨낼 수 있는 가장 강한 힘이 되었지.

술라이커가 암 병동에 입원해 화학치료를 받는 동안 그녀는 수많은 죽음을 바로 옆에서 지켜보아야만 했어. 오래도록 병원 생활이 지속되면서 암 환자 친구도 사귀게 되고, 그들과 친해졌지만, 그 친한 친구들도 한 명씩 세상을 떠나게 돼. 이제는 자신의 차례가 다가오는 것이 아닌지 항상 불안과 공포에 떨어야만 했지.

술라이커에게 행해진 항암치료는 나아지지 않았고, 결국 화학치료는 실패로 돌아가 버리고 말아. 그녀는 절망의 구렁텅이로 빠져 세상을 원망하며 헤어나오지를 못했어. 그녀는 겨우 20년을 좀 더 살았을 뿐인데 말이야.

그녀는 삶에 대해 너무나 간절했어. 진실로 너무나 살고 싶어 했지. 꿈꾸는 미래가 기다리고 있었고, 평생의 사랑을 만나 그 결실을 이룰 수가 있었거든. 하지만 살아갈 수 있다는 것이 그렇게 힘든 것인 줄은 정말로 몰랐어. 이 모든 것과 작별을 해야 하는 것인지 그녀는 두려웠어.

그러한 절망 속에 한 줄이 희망이 찾아들었어. 최후의 수단이라고 생각했던 골수이식 수술이 가능했던 거야. 하늘이 도왔는지 그녀의 남동생의 골수를 이식받을 수 있었지. 하지만 생사는 장담할 수 없었고, 이식 수술의 결과가 잘 될지 그렇지 않을지는 하늘만이 알고 있을 뿐이었어. 수술은 끝났지만 다시 함암치료를 장기간 해야 했어. 몇 년이 걸릴지도 모를 그 길을 그녀는 다시 고통스럽게 걸어가야 했어.

슬프게도 사랑은 모든 것을 극복한다고 하지만 그녀에게 있어서 현실을 그러지 못했어. 백혈병 치료 도중 슐라이커와 윌은 서로의 사랑을 확인하고 결혼하기로 결정했지만, 슐라이커의 수술을 위해 결혼식을 미룰 수밖에 없었어. 오랜 기간동안 윌은 슐라이커 곁에서 그녀를 간호하고 지켜주었지. 하지만 사랑은 시간이 흘러감에 따라 변할 수밖에 없었어. 사랑이 모든 것을 극복한다는 것은 오로지 변하지 않는 사랑에서나 가능하다는 것을 그녀는 깨닫게 돼. 사람이 변하듯, 사랑도 세월에 따라 변할 뿐이었지. 사랑이 모든 것을 극복하기 위해서는 또 다른 변하지 않을 사랑을 위한 무언가가 필요했어. 그건 결혼이라는 제도도 아니고 서로를 배려하는 마음만으로도 부족한 그 어떤 것일거야. 이타적인 사랑으로도 가능하지 않아. 사랑이 모든 것을 극복한다는 것이 얼마나 어려운 것인지 그녀는 나중에야 알았어. 결국 윌과 그녀는 서로에게 지쳐 헤어지게 돼. 가장 커다란 것을 잃어버린 슐라이카는 삶의 가장 밑바닥까지 떨어지고 말아.

오랫동안 그녀에게 힘이 되어 주었던 그를 떠나보내고 그녀는 아무것도 할 수 없었어. 모든 것을 잃어버린 것 같았고 살아남아야 할 이유를 찾지 못했지. 하지만 그녀는 자신을 사랑했어. 그래서 모든 것을 처음부터 다시 시작하기로 마음을 먹어.

그 후 얼마 지나지 않아 모든 것을 잃어버린 줄 알았던 그녀에게 기적이 찾아왔어. 그 오랜 기간의 병마와의 투쟁 끝에 이제 그 병에서 회복되었던 거야. 하지만 그녀가 잃어버린 것은 다시 돌아올 수가 없었지. 사랑도, 직장도, 평범한 여성으로서의 삶도, 하지만 그녀는 대신 하나밖에 없는 생명을 새로 얻었어. 그리고 이제 다시 태어난 아기처럼 모든 것을 처음부터 시작해야만 했어. 뼈저린 아픔과 고통, 그리고 슬픔을 뒤로한 채 그녀는 새로운 길에서 다시 걸음마부터 시작했어.

책을 읽으면서 그녀가 얼마나 힘들었을까 공감이 돼. 나라면 그녀가 겪었던 그러한 고통을 극복해 낼 수 있었을까? 아마 힘들었을 거야. 우리 주위엔 어렵고 아픈 상황에 처해 있는 사람들이 너무 많은 것 같아. 하지만 그러한 어려움 속에서도 잘 버티고 이겨 내는 사람들도 분명히 있는 것 같아. 그녀의 삶에서 왠지 커다란 용기를 얻었어. 나에게 힘든 일이 와도 그녀처럼 모든 것을 다시 시작해야 하는 상황이 오더라도 마음을 비우고 다 이겨 나가야겠다는 생각을 했어.

친구야,

너도 아무런 어려운 일이 닥치더라도 결코 굴복하지 말고 다 이겨내기를 바래. 너는 나보다 더 강한 사람이라는 것을 꼭 기억하고.

10. 프리다 칼로

친구야,

오늘은 우연히 프리다 칼로의 그림을 한참이나 바라보았어. 특히나 그녀가 그림 자화상이 너무나 인상적이었어. 6살 때 소아마비를 앓았던 프리다 칼로는 오른쪽 다리가 불편했지만 총명했다고 해. 그녀는 멕시코 최고의 교육기관이던 에스쿠엘라 국립 예비학교에 진학했는데 당시 이 학교에서 전교생 2,000명 중 여학생은 35명이었대. 그녀는 의대생으로서 생물학, 해부학 등을 공부했지. 하지만 의사가 되려던 칼로의 꿈은 하루아침에 산산조각이 나 버렸어.

학교가 끝나고 집으로 돌아가는 버스를 탔고, 그 버스는 전차와 충돌하고 말았어. 그녀는 쇄골, 갈비뼈, 등뼈, 팔꿈치, 골반, 다리의 골절상을 입었으며, 오른발은 으깨어졌고, 왼쪽 어깨는 탈구되었어. 더 큰 문제는 전차의 쇠 난간이 왼쪽 엉덩이를 관통하고 골반 아래 허벅지로 빠져나오는 중상을 입었다는 거야. 죽지 않고 살아난 것이 기적이었지. 의사들은 그녀가 다시 걸을 수 없을지도 모른다고 했어. 칼로는 사고 이후 9개월을 전신 깁스를 한 채로 침대에 누워 있어야만 했어. 의사가 되기는커녕 이제는 아무것도 꿈꿀 수 없었지.

　오랜 기간의 치료로 인해 간신히 회복은 되었지만, 그녀는 의사의 꿈을 버릴 수밖에 없었어. 집 안에서 회복하며 보내는 동안 그녀는 자신의 새로운 열정을 발견하게 돼. 교통사고를 당하기 전까지 그림을 그릴 생각을 한 번도 해 본 적은 없었는데, 깁스를 하고 침대에 하루 종일 누워 있으려니 너무나 지루해서 아무거라도 해봐야겠다고 생각했어. 당시 할 수 있는 것은 붓으로 그림을 그리는 정도밖에 없었지. 일어나 앉을 수도 없는 그녀를 위해 어머니가 주문 제작한 이젤을 가지고 그림을 그리기 시작했어. 다친 등뼈를 고정하기 위해 석고 코르셋을 착용했어. 무릎에 소형 이젤을 올려놓고 머리 위 침대 지붕덮개에 거울을 매달아 자신의 얼굴을 보며 자화상을 그렸지. 그녀는 다음과 같은 말을 해.

　"내가 그림을 그리는 건 너무나도 자주 외로워지기 때문이었다."

　칼로는 수많은 수술과 회복을 하며 커다란 고통 속에서도 외로움을 달래며 그렇게 하루하루 그림을 그려 나갔지. 시간이 지나며 칼로는 멕시코 전통 속에 고독과 고통을 담아내어 그 어떤 미술 범주에도 들지 않는 자신만의 독특한 화풍을 만들어 냈어. 그녀의 부서진 마음의 고통은 그렇게 미술로 승화되었어. 이후 칼로는 장애인과 고통받는 자들의 신화에 가까운 존재가 돼.

　하지만 1940년대 말부터 그녀의 건강은 악화되어 결국 오른쪽 다리를 잘라낼 수밖에 없었어. 게다가 몇 차례의 척추 수술은 실패로 이어졌어. 그녀는 하루의 대부분을 누워 지내야만 했으며 그 외 시간에는 휠체어에 기대 간신히 앉아 생활할 수밖에 없었지.

하지만 그녀는 말해.

"높이 날아오를 날개가 있는데 발이 왜 필요하겠는가?"

친구야,

우리는 프리다 칼로 같은 아픔은 없었던 것 같아. 그녀는 우리가 상상하지도 못했던 그러한 고통 속에서도 이겨낸 것을 보면 사실 나는 너무 부끄럽다는 생각이 들어. 나에게 만약 그녀에게 닥쳤던 일들이 일어난다면 어떻게 했을까? 오늘따라 그녀의 그림이 더욱 아름답게 느껴지는 이유는 무엇 때문일까?

11. 언제나 행복

친구야,

대학교 때 함께 설악산에 갔던 것 기억하는지 모르겠다. 그때 너와 같이 설악산 정상까지 올라간 것이 아직도 기억에 선명하게 남아 있어. 나는 왠지 산에 올라가는 것을 어렸을 때부터 좋아했던 것 같아.

그런데 갑자기 이런 생각이 들었어. 사람들이 산에는 왜 올라가는 것일까? 이 질문에 대한 가장 많이 알려진 답변은 "산이 거기에 있으니까 올라간다"일 거야. 이 말은 지구상에서 가장 높은 산인 에베레스트를 정복하려던 조지 맬러리가 한 말인데 그는 에베레스트 등반 도중 실종되어 사망했지. 그의 시신이 발견된 것은 그가 실종된 후 75년이 지나서였어. 이후 세계 최초로 에드먼드 힐러리가 히말라야의 에베레스트를 1953년 정복하게 되지. 이제는 에베레스트에 만족하지 못하고 지구상에 있는 8,000미터가 넘는 봉우리를 정복하는 것이 산악인들의 새로운 목표가 되었다고 해.

지구라는 행성에 8,000미터가 넘는 산은 정확하게 14개가 있대. 이 14개는 히말라야산맥 10개와 그 옆 서쪽에 있는 카라코람

산맥에 4개라고 하더라. 이 14좌를 등반하는 데 성공하는 산악인은 그야말로 영웅 중의 영웅이 되는 것이지. 그야말로 인간의 한계를 진정으로 극복한 위대한 탐험가의 반열에 오르게 되는 거야. 이제까지 14좌를 완등한 사람은 40여 명 정도라고 해. 어느 나라 사람이 가장 많이 성공을 했을까? 놀랍게도 우리나라와 이탈리아가 각각 7명으로 1위야. 우리나라 최초 14좌 완등자는 바로 박영석 대장으로 세계에서 7번째이며, 엄홍길 대장이 세계에서 8번째로 성공을 했대.

그들은 왜 그렇게도 험한 산을 힘들게 오르는 것일까? 정말 산이 그곳에 있어서 오르는 것일까?

아마 사람마다 다른 이유가 있을 거야. 나도 가끔 산을 오르는데, 내가 산을 오르는 이유는 솔직히 힘들기 때문이지. 단순히 힘든 것을 넘어서 그 힘든 과정을 지나고 나면 엄청난 성취감과 한계를 넘어선 극한의 만족감이 있거든. 너무 힘들어서 포기하고 싶지만 그런 유혹을 이겨내고 끝까지 올라가고 나서 느끼는 기분은 말로 표현할 수 없을 정도로 기분이 좋은 것이 사실이야. 또한, 산 정상에서 세상을 바라보면 천하가 작게 보일 수밖에 없어. 그렇게 작은 세상에서 아등바등 살아가는 모습이 보일 것이고 이러한 것을 넘어설 수 있는 커다란 마음이 즉 호연지기 같은 것이 생기기도 하고.

사람들은 대부분 쉽고 안락한 삶을 추구하는 것이 보통일 거야. 편하고 안전하고 아무 일도 일어나지 않는 그런 삶을 기대하면 살아가지. 하지만 안락한 삶은 우리를 항상 행복으로 인도하지는 않는 것 같아. 왜냐하면 삶은 안락한 순간만 존재하지 않고 힘들고 어려운 시기도 있기 마련이기 때문이야. 이것은 그 누구에게나 예외는 없어. 삶의 안락함만을 추구하다가 커다란 어려움이 닥치면 그의 삶은 그 어려움을 견디지 못하고 더 커다란 고통으로 떨어질 수도 있지.

행복은 안락한 삶이 아닌 어려움을 이겨내는 과정에 있는 것이 아닐까? 우리가 살아가는 인생의 길에서 많은 일이 일어나기에 어떠한 일이 우리에게 닥치더라도 그것을 모두 극복해 낼 수 있는 사람이 진정으로 행복한 사람이라는 생각이 들어.

어려운 일을 극복해 낸 사람, 고통 속에서 살아남은 사람, 절망을 이겨낸 사람은 진정으로 삶을 이해할 수 있을 것 같아. 그러한 사람은 어떤 일이 일어나도 그러한 일에 두려움 없이 넘어설 수 있기에 그에게는 오직 행복만이 남아 있을 거야. 남들이 보기엔 불행한 상황이라 할지라도 그는 단지 극복해 낼 대상에 불과하다고 보는 것이지. 게다가 이를 이겨내고 나면 자신은 또 한 단계 더 높은 곳으로 성장할 수 있다는 것을 알고 있을 거야. 따라서 그러한 사람은 삶에서 어떤 일을 경험하더라도 언제든 행복할 수 있을 것 같아.

행복과 불행을 아예 분별하지 말라고 이야기하고 있는 사람도 있어. 삶에는 항상 수많은 일이 일어나기에 그러한 것 하나하나에 집착하고 연연하다 보면 삶 자체가 고통일 수밖에 없으니 아예 우리의 인생에는 불행이나 행복 자체를 구별하지 말고 그냥 어떠한 일들이 일어나고 있다고만 생각하면 된다는 것이지.

친구야,

행복을 추구할 필요도 불행에 마음 아파할 필요도 없다면 어떠한 일이 일어나든지 행복할 수 있기에 이제는 두려움이 없는 삶을 살아갈 수가 있을 것 같다는 생각이 들어.

이번 주말엔 날씨도 좋다고 하니 산행을 해 볼까 싶어. 옛날 그 풋풋했던 대학 시절 너와 같이 설악산에 올라갔던 것을 기억하면서 오를 것 같아. 언제 다시 만나면 그때를 추억하며 같이 산에 올라가도록 하자.

12. 모든 것은 나로부터

친구야,

오늘 곰곰이 생각해 보니 살아가면서 나에게 다가오는 문제는 나로 인해 생기는 것이란 사실을 부인할 수 없을 것 같아. 물론 그렇지 않은 경우도 있겠지. 예를 들어 천재지변, 재난, 운명, 이러한 것들도 나에게 다가오기는 하지만, 그것은 나의 영역을 넘어서기 때문에 어쩔 수 없어. 그러한 것을 제외하면 나의 문제 대부분은 나로 인해 생기는 것이 아닐까 싶어.

만약 내가 이루고자 하는 목표가 어떠한 커다란 재난이 가로막지 않는다면, 나의 노력으로 충분히 달성할 수 있는 것이 많이 있을 거야. 예를 들어 몸무게를 줄여야겠다고 생각을 하면 나의 노력으로 어느 정도는 줄일 수 있겠지. 몸무게를 줄이느냐 그렇지 못하느냐의 성공여부는 나의 의지와 행동에 의한 것이지 다른 이유는 없을 거야.

만약 마라톤을 완주하고자 한다면 그 목표를 이룰 수 있는 연습과 훈련을 해야 할 필요가 있겠지. 일주일에 며칠씩 최소한 수십 킬로는 뛰어야 42.195km를 뛸 수 있을 거야. 그러한 연습도 없이 그냥 대회에 나가 마라톤 완주를 하겠다고 뛰기 시작하면 아마 완주도 하기 힘들 거야.

마찬가지로 행복하고자 원한다면 거기에 맞는 삶을 살아야 할 것 같아. 행복도 연습이 필요한 것이 아닐까? 아무것도 하지 않고 무작정 행복을 바란다고 해서 행복이 나에게 다가오는 것이 아닐 거야. 어떻게 해야 내가 행복하게 살아갈 수 있는지 생각하고 거기에 맞는 생활을 해야 할 필요가 있을 것 같아. 나는 이제까지 그러한 것을 하지 못했으니 지금부터라도 다시 시작한다는 마음으로 생활하기로 했어.

불행 또한 나로 인해 오는 것이 당연한 것 같아. 내가 불행해지지 않도록 살아왔어야 했는데 그렇지 못했기에 나에게 불행이 찾아오는 것이 아닐까 싶어. 어떻게 해야 나에게 불행한 일들이 발생하지 않을지 깊이 생각하지 않고 살아간다면 나도 모르는 사이에 불행은 나에게 다가오게 되는 것이 아닐까 싶어.

나의 불행을 내가 아닌 다른 데서 탓하는 것은 불행으로부터 벗어나기 힘들 수 있을 거야. 나의 불행은 나로 인한 것임을 분명히 인식할 필요가 있는 것 같아. 이 세상에 불행한 일을 겪지 않은 사람은 드물 거야. 지나간 것은 어쩔 수 없지. 하지만 지금부터라도 나에게 다가오는 불행은 나 자신에 의해 생기는 것이라 인식하고 그러한 일들이 다시 일어나지 않도록 해야 내가 지금보다 더 행복하게 생활할 수 있을 것 같아.

나의 삶은 온전히 나의 것이고 내가 책임져야 한다고 생각해. 어떠한 일이 나에게 일어나건 그것은 나로 인한 것이라 생각이 들어. 다른 사람이나 다른 요인으로 인해 내가 불행하다고 생각하는 한 나의 불행은 계속해서 반복될 가능성이 크지 않을까?

친구야,

오늘 하루도 우리 자신을 위해 스스로 행복할 수 있도록 노력해 보도록 하자. 행복은 멀리 있지 않다는 사실도 기억하자. 알겠지? 파이팅.

13. 행복했을까? 불행했을까?

친구야,

너도 20세기 최고의 샹송 가수인 에디트 피아프를 잘 알고 있지? 오늘 그녀의 음악을 여러 곡 들었어. 그녀의 삶은 정말 파란만장했던 것 같아. 인생의 많은 아픔과 상처, 그리고 영광과 성공으로 가득 찼던 그녀의 삶은 우리에게 인생의 깊이를 생각하게 해주는 것 같아.

1915년 파리의 가난한 지역에서 태어난 에디트 피아프는 어릴 적 할머니 밑에서 자랐지. 피아프의 어머니는 가난한 거리의 가수였는데 자신의 딸을 방치했고, 아버지는 군인이었다가 서커스 단원으로 일했지만, 경제적으로 무능했어. 알코올 중독자이자 포주였던 할머니였기에 피아프는 사창가에서 자라면서 제대로 된 사랑을 받지 못했어. 가난으로 인해 영양실조와 시력을 잃을 위기도 있었지.

10대가 돼서는 그녀 아버지의 강압으로 거리에서 노래를 부르며 돈을 벌어야 했어. 그녀가 20세가 될 때쯤 파리의 골목에서 그녀가 부르는 노래를 우연히 들은 '자니즈'라는 카바레 사장에게 발탁되어 가수의 길로 들어서게 되지. 하지만 카바레 사장이 죽는 살인 사건에 말려들어 좌절의 길을 걷다가 레이몽 아쏘의 도움으로 재기하여 성공의 길을 걷기 시작해. 특히 그녀와 평생의 벗이 되는 장 콕토를 만나며 20세기 최고의 프랑스 가수로 화려한 인생을 맞이하게 되지. 그녀의 곡 중에 유명한 라비앙 로즈가 있어. 대학교 때 프랑스어를 조금이라도 배워 놓은 것이 이럴 때 도움이 되기는 하네.

〈La Vien Rose (장밋빛 인생)〉

Des yeux qui font baiser les miens,

Un rire qui se perd sur sa bouche,

Voila le portrait sans retouche

De l'homme auquel j'appartiens

Quand il me prend dans ses bras

Il me parle tout bas,

Je vois la vie en rose.

Il me dit des mots d'amour,

Des mots de tous les jours,

Et ca me fait quelque chose.

Il est entre dans mon coeur

Une part de bonheur

Dont je connais la cause.

C'est lui pour moi. Moi pour lui

Dans la vie,

Il me l'a dit, l'a jure pour la vie.

Et des que je l'apercois

Alors je sens en moi

Mon coeur qui bat

Des nuits d'amour a ne plus en finir

Un grand bonheur qui prend sa place

Des enuis des chagrins, des phases

Heureux, heureux a en mourir.

Quand il me prend dans ses bras

Il me parle tout bas,

Je vois la vie en rose.

Il me dit des mots d'amour,

Des mots de tous les jours,

Et ca me fait quelque chose.

Il est entre dans mon coeur

Une part de bonheur

Dont je connais la cause.

C'est toi pour moi. Moi pour toi

Dans la vie,

Il me l'a dit, l'a jure pour la vie.

Et des que je l'apercois
Alors je sens en moi
Mon coeur qui bat

나의 시선을 떨구게 하는 눈길과
그의 입가에서 사라지는 웃음
보세요, 처음 그대로의 초상화가 있어요
내가 마음을 바쳐 사랑한 한 남자의
그가 나를 품속에 안고
나지막하게 말할 때
나는 장밋빛 인생을 느껴요
그는 내게 사랑을 말하고
평범한 이야기도 해요
그리고 나에겐 그 모든 게 특별해요
그가 내 마음에 들어왔어요
행복의 한 조각처럼 말이에요
나는 그 이유를 알아요
그건 바로 그가 나를 위해,
내가 그를 위해 존재하기 때문이에요.
그가 내게 그렇게 말했고,
평생의 맹세를 했어요.
그리고, 난 그를 알아보자마자

나는 느꼈어요
두근대는 심장을
사랑으로 가득한 밤은 끝날 줄 모르고
넘치는 행복이 그 자리를 차지했어요
모든 걱정과 고통은 사라졌어요
행복해요, 행복해요 죽을 만큼
그가 나를 품속에 안고
나지막하게 말할 때
나는 장밋빛 인생을 느껴요
그는 내게 사랑을 말하고
평범한 이야기도 해요
그리고 나에겐 그 모든 게 특별해요
그가 내 마음에 들어왔어요
행복의 한 조각처럼 말이에요
나는 그 이유를 알아요
그건 바로 그가 나를 위해,
내가 그를 위해 존재하기 때문이에요.
그가 내게 그렇게 말했고,
평생의 맹세를 했어요.
그리고, 난 그를 알아보자마자
나는 느꼈어요
두근대는 심장을

피아프는 가수로서 화려한 성공을 하지만, 어릴 적 제대로 된 사랑을 받고 자라지 못했기에 그녀는 성년이 되어서도 사랑을 할 줄도 받을 줄도 몰랐어. 여러 남자를 만났지만 진실된 사랑은 없었지.

그러다 공연을 위해 미국을 방문하던 중, 우연히 권투 선수인 마르셀 세르당을 만나게 되고, 그녀 인생에서 처음으로 진정한 사랑을 느끼게 돼. 하지만 마르셀은 아내와 아이 세 명이 있는 유부남이었어. 피아프와 마르셀에게는 시간도 그들 편이 아니었지. 둘이 제대로 된 추억을 남길 시간도 없이 마르셀은 비행기 추락 사고로 사망하고 말아. 이에 커다란 충격을 받은 피아프는 그녀 인생에서 가장 깊은 나락으로 떨어지는 고통을 경험하게 돼. 그녀의 노래 중에 '사랑의 찬가'가 있는데 아마 마르셀을 생각하며 부르지 않았을까 싶어.

〈 Hymne A L'amour (사랑의 찬가)〉

Le ciel bleu sur nous peut s'effondrer

Et la terre peut bien s'ecrouler

Peu m'importe si tu m'aimes

Je me fous du monde entier

Tant qu'l'amour inond'ra mes matins

Tant que mon corps fremira sous tes mains

Peu m'importent les problemes

Mon amour puisque tu m'aimes

J'irais jusqu'au bout du monde

Je me ferais teindre en blonde

Si tu me le demandais

J'irais decrocher la lune

J'irais voler la fortune

Si tu me le demandais

Je renierais ma patrie

Je renierais mes amis

Si tu me le demandais

On peut bien rire de moi

Je ferais n'importe quoi

Si tu me le demandais

Si un jour la vie t'arrache a moi

Si tu meurs que tu sois loin de moi

Peu m'importe si tu m'aimes

Car moi je mourrai aussi

Nous aurons pour nous l'eternite

Dans le bleu de toute l'immensite

Dans le ciel plus de problemes

Mon amour crois-tu qu'on s'aime

Dieu reunit ceux qui s'aiment

푸른 하늘이 우리들 위로 무너진다 해도
모든 대지가 허물어진다 해도
만약 당신이 나를 사랑해 주신다면
그런 것은 아무래도 좋아요
사랑이 매일 아침 내 마음에 넘쳐흐르고
내 몸이 당신의 손아래서 떨고 있는 한
세상 모든 것은 아무래도 좋아요
당신의 사랑이 있는 한
내게는 대단한 일도 아니고, 아무것도 아니에요
만약 당신이 나를 원하신다면
세상 끝까지라도 가겠어요.
금발로 머리를 물들이기라도 하겠어요.
만약 당신이 그렇게 원하신다면
하늘의 달을 따러, 보물을 훔치러 가겠어요.
만약 당신이 원하신다면
조국도 버리고, 친구도 버리겠어요.
만약 당신이 나를 사랑해 준다면
사람들이 아무리 비웃는다 해도
나는 무엇이건 해 내겠어요
만약 어느 날 갑자기
나와 당신의 인생이 갈라진다고 해도
만약 당신이 죽어서 먼 곳에 가버린다 해도

당신이 나를 사랑한다면 내겐 아무 일도 아니에요
나 또한 당신과 함께 죽는 것이니까요
그리고 우리는 끝없는 푸르름 속에서
두 사람을 위한 영원함을 가지는 거예요.
이제 아무 문제도 없는 하늘 속에서…
우린 서로 사랑하고 있으니까요…

그렇게 사랑의 상처를 안은 채 자신보다 6살 연하인 이브 몽땅을 만나 연인이 되지만 마르셀에 의한 상처는 치유받지 못하지. 이브 몽땅은 '고엽'이라는 노래로 성공을 거두게 되고 또한 많은 영화에 출연을 하여 유명해지는데 이는 피아프의 후원의 힘이 사실상 크게 작용했다고 해.

수많은 인생의 굴곡을 거쳐온 그녀는 술과 마약을 의지하며 살게 되고 나중에 교통사고로 인해 건강이 악화되어 47세라는 젊은 나이로 세상을 떠나게 되고 말아. 그녀가 죽기 전에 부른 '후회하지 않아'라는 노래는 그녀의 삶을 간접적으로 이야기해 주는 게 아닐까 싶어.

⟨Non Je Ne Regrette Rien (후회하지 않아)⟩

Non Je Ne Regrette Rien Non, Rien De Rien,
Ni Le Bien Qu'on M'a Fait, Ni Le Mal

Tout Ca M'est Bien Egal

Non, Rien De Rien, Non, Je Ne Regrette Rien

C'est Paye, Balaye, Oublie, Je Me Fous Du Passe

Avec Mes Souvenirs J'ai Allume Le Feu

Mes Shagrins, Mes Plaisirs,

Je N'ai Plus Besoin D'eux

Balaye Les Amours Avec Leurs Tremolos

Balaye Pour Toujours Je Reparas A Zero

Non, Rien De Rien, Non, Je Ne Regrette Rien

Ni Le Bien Qu'on M'a Fait, Ni Le Mal

Tout Ca M'est Bien Egal

Non, Rien De Rien, Non, Je Ne Regrette Rien

Car Ma Vie, Car Me Joies

Aujourd'hui Ca Commence Avec Toi

아니, 전혀, 난 아무 것도 후회하지 않아

좋은 일도 나쁜 일도 모두 마찬가지

아니, 전혀, 난 어떤 것에 대해서도 후회 없어

대가는 치렀고, 다 지난 일이고,

이젠 잊혀진 과거니까

과거는 신경 쓰지 않아,

내 추억에 대해서도 마찬가지

내 기쁨과 고통 모두를 불살라버리는 것은
더 이상 그것들이 필요치 않기 때문
내 사랑과 내 고민도 모두 쓸어내버렸어
난 처음부터 다시 시작하는 거야
아니, 전혀, 내게 후회라곤 없어
왜냐면 바로 오늘부터,
내 인생, 내 행복, 모든 것이
당신과 함께 시작되니까

　에디트 피아프는 자신의 삶에 대해 어떻게 느끼며 생을 마감했을까? 자신의 노래를 사랑하는 수많은 사람들의 격찬과 환호 이에 따른 영광은 그 누구보다 화려했음은 분명할 거야. 하지만 그녀에게는 삶의 아픔과 슬픔 또한 많았어. 그녀는 '후회하지 않아'라는 노래를 자신의 노래라고 하며 좋아했다고 해.
　친구야,
　진정 후회하지 않는 인생을 살아갈 수 있다면 얼마나 좋을까? 하지만 우리의 삶은 많은 후회와 미련과 아쉬움으로 가득할 수밖에 없을 거야. 삶은 그래서 결코 쉬운 것이 아닌 것 같아.

14. 소수를 사랑했던 박사

친구야,

오늘은 수학과 관련된 일본 소설을 하나 읽었어. 제목은 〈박사가 사랑한 수식〉인데, 이 책은 수학을 통한 인간에 대한 사랑을 이야기하고 있어. 1990년 아쿠타가와상을 수상한 오가와 요코의 작품이야.

케임브리지에서 수학으로 박사학위를 받았던 주인공은 전도유망했던 박사후연구원 시절 불의의 교통사고로 기억을 상실하게돼. 박사는 과거를 기억하지 못할 뿐 아니라 80분 정도만 지나면그전에 있었던 모든 일을 기억하지 못하지. 그 후로 사회생활을할 수가 없었고 집안에서 홀로 수학만 연구하고 있었어.

박사의 식사와 집안일을 도와주러 온 한 젊은 여인, 그녀는 너무 어린 나이에 사랑을 했고 아이를 낳았어. 하지만 그 남자는 말없이 그녀를 버리고 떠났지. 그녀는 혼자 아이를 키우며 가정부일을 하면서 생계를 유지하던 중 박사의 집에서 집안일을 돌보게되지.

그녀가 박사의 집에 오기 전 이미 아홉 명의 가정부가 일하던중간에 스스로 그만 두었어. 박사는 80분 이상을 기억하지 못하기 때문에 매일이 새로운 날들이었고, 가끔 이해할 수 없는 일도 하기에 이러한 것들을 받아들이기가 쉽지 않았기에 많은 가정부들이 스스로 박사 집을 떠나갔어.

그녀의 아들은 열 살인 루트인데 학교가 끝나면 혼자 집에서 엄마를 기다리며 외롭게 지내다가 박사의 배려로 학교가 끝나면 박사의 집에 와서 엄마, 그리고 박사와 함께 시간을 보내게 되지. 루트라는 별명은 박사가 아이에게 지어준 거야. 루트안에 모든 수를 포함할 수 있듯이 아이도 나중에 자라서 많은 것을 품으며 살라는 의미야.

수학만 다루느라 무미건조하고 무뚝뚝하던 박사였지만, 그는 마음이 따뜻한 사람이었어. 그의 진실된 내면의 모습을 보게 된 여인과 루트는 박사에 대해 그렇게 서서히 알아가게 되지.

박사와 루트가 공통적으로 야구를 좋아한다는 것을 알게 된 여인은 다 함께 야구 경기를 구경하러 가는 기회를 만들어. 박사와 루트에게 좋은 추억을 만들어주기 위해서였지. 이날 세 명은 너무나 행복한 시간을 보냈어.

하지만 집으로 돌아온 박사는 아프기 시작하고, 이를 간호하느라 루트와 여인은 며칠을 박사 곁에 머물러 돌보게 되지. 이는 가정부의 일하는 규칙을 어긴 것이었어. 고객의 집에서 밤을 지내면 규칙 위반인 줄 알았지만, 여인은 박사를 위해 어쩔 수 없이 자신의 최선을 다한 것이었지. 이 사실을 알게 된 박사의 형수는 여인을 오해하게 되는데, 이때 박사가 형수, 여인, 루트가 다 같이 앉아 있는 식탁에서 메모지를 꺼내 수식 하나를 쓰는 데, 거기에는 딱 한 줄 이런 수식이 쓰여 있었어. 바로 라는 오일러 공식이지. 여기서 는 자연로그의 밑으로 네이피어 수라고도 하며 2.731828 이라는 무리수야. 는 원주율로 3.1415이며 이 또한 무리수지. 는 허수로 존재하지 않는 상상 속의 수, 즉 허수지. 이 세 수는 각각 서로 아무런 관계가 없어. 하지만 네이피어 수, 원주율, 허수가 만나 조합을 이룬 후 여기에 1을 더하면 0이 되지. 즉 끝없이 계속되는 두 개의 무리수와 자연에는 존재하지 않고 허수가 서로 만난 상태에서 1을 더하는 순간 절대적인 질서가 잡히는 0으로 규합되는 거야. 0은 수학에서 없음을 뜻하지. 없음의 세계는 가장 우주적으로 비어 있는 질서가 잡힌 안정된 세상이야. 불교에서 말하는 색즉시공 공즉시색의 바로 그 공(空)이 없음의 세계지. 박사와 루트 그리고 그 여인, 이 세 명은 가장 아름다운 조합이라는 뜻이야. 더구나 박사는 루트가 자기 자식은 아니지만, 친자식 이상으로 이미 깊이 사랑하고 있었어. 형수는 박사의 뜻을 그 수식으로 이해할 수 있었던 거야.

인간은 각자가 다른 세계를 가지고 있는 것 같아. 전혀 생각지도 않은 그러한 특징들, 어울릴 것 같지 않은 모습으로 각자 존재하고 있는 것이지. 조화로움을 이해하는 사람들은 그러한 특징을 순화시켜 안정된 세계를 만들어 내는 것이 아닐까 싶어.

박사가 이 세상에서 가장 사랑한 것은 소수였어. 너도 알겠지만 소수란 1과 자기 자신만으로 나누어 떨어지는 수를 말하지. 이는 어떤 존재의 고유함을 뜻하는 거야. 고유하기에 또한 고고하지. 존재 그 자체만으로도 의미가 있다는 뜻이야. 우리의 모습이 어떨지라도 나라는 존재는 이 지구상에 오직 나밖에 없잖아. 나는 고유하며 고고한 존재일 수밖에 없는 것이지. 나라는 존재는 존재 그 자체로 의미가 있지 않을까 싶어. 그 사람의 모습이 어떠할지라도 있는 그대로 받아들여야 하는 이유가 여기에 있게 아닐까? 보는 사람의 관점과 생각에 따라 그를 판단한다면 그 사람의 존재의 고유함이 사라지게 되지. 하지만 우리의 시각과 생각으로 그 사람을 판단하고 인식하며 있는 그대로 받아들이지 못하는 경우가 대부분이지.

박사의 있는 그대로의 모습을 여인과 루트는 있는 그대로 받아들일 수 있었어. 기억을 하지 못하고 상식적인 관점에서 이해하기 힘든 박사였지만 그들은 자신의 관점에서 박사를 판단하지 않고 온전히 그를 받아들였지. 그러기에 그들은 비록 가족은 아니었지만 행복으로 가득했었던 거야.

하지만 그들이 함께 할 수 있는 행복한 시간은 그리 오래가지 못했어. 박사의 기억력이 완전히 손상되었고 박사는 요양원으로 옮겨졌지. 여인과 루트는 시간이 날 때마다 요양원에 있는 박사를 찾았지만, 그는 아무것도 기억하지 못했어. 그렇게 세월은 흘러갔고 루트는 대학에 들어가 수학을 공부하게 되지. 그리고 이제 그들은 영원히 작별해야 할 순간이 다가옴을 느껴. 마지막 이 세상을 떠나는 박사에게는 그를 온전히 있는 그대로 받아들여 준

가정부와 루트가 있었던 거야. 오일러의 공식처럼 박사는 따뜻한 사랑을 받고 평안한 마음으로 세상을 떠난다는 이야기야.

이 책 속에 있는 시 하나가 있는데 너무 마음에 들어서 한번 적어볼게.

"한 알의 모래에서 세계를 보고
한 송이 들꽃에서 천국을 보려면
손안에 무한을 쥐고
찰나 속에서 영원을 보라
　　　(윌리엄 브레이크)"

친구야,

인간관계에서 가장 중요한 것은 무엇일까? 그 사람을 나의 눈과 기준에 맞추어 바라보는 것은 분명 아닐 거야. 하지만 있는 그대로 보는 것은 결코 쉽지 않은 것 같아. 박사는 비록 기억을 모두 잃어버리고 삶을 마감하지만 있는 그대로의 모습을 기억해 주는 사람이 있었기에 행복하게 삶을 끝낼 수 있지 않았을까 싶어. 나에게는 주위에 그런 사람이 있었으면 얼마나 좋을까?

15. 창문 밖으로 전해지는 음악

친구야,

오늘은 예전에 봤던 '인생은 아름다워'라는 영화를 다시 한번 봤어. 워낙 좋은 영화라서 그런지 다시 봐도 너무 감동적인 것 같아.

영화에서 주인공인 귀도는 시골 출신인데 도시로 올라와 호텔에서 일을 하다가 우연히 도라라는 여인을 만나게 돼. 도라는 부자였고 이미 약혼자가 있었어. 그런 것에는 전혀 개의치 않았던 귀도였고, 도라가 약혼하는 날 귀도는 도라를 데리고 약혼식을 탈출하여 둘이서 결혼을 하게 돼. 사랑은 그렇게 운명처럼 다가왔지만, 그들의 앞길에는 또 다른 운명이 놓여져 있었어. 귀여운 아들인 조수아가 태어나 다섯 살쯤 되었을 때, 유대인이었던 귀도는 어느 날 갑자기 군인들에 의해 조수아와 함께 수용소로 끌려가게 돼. 사라진 남편과 아들을 찾으러 도라는 스스로 수용소행 기차를 타는 것을 보고 사실 나는 눈물이 나더라.

그렇게 운명처럼 그들은 수용소에서 다시 만나게 되지만 귀도와 조수아는 남자 수용소에, 도라는 여자 수용소에 수감되어 철조망 너머로밖에 서로의 존재를 인식할 수밖에 없었어.

귀도는 자신의 아들에게 희망을 주기 위해 그 모든 일이 일종의 게임이라고 말하지. 1,000점을 얻게 되면 끝나게 된다고 하면서 아들의 마음에 어두움이 드리우지 않도록 하기 위해 최선을 다하지.

하지만 자신의 죽음이 다가오는 것을 느낀 귀도는 어느 날 밤, 자신이 사랑하지만 더 이상 만날 수 없을 것 같은 도라에게 창문 밖으로 수용소의 커다란 스피커를 통해 음악을 들려줘. 귀도가 결혼하기 전 오페라를 보던 중 멀리 떨어져 있던 도라만 바라보며 자신이 원하던 사랑이 운명이길 바라면서 들었던 오펜바흐의 호프만의 이야기에 나오는 〈뱃노래〉였어.

창문 밖으로 들리는 그 노래에 잠자리에 들었던 도라는 침대에서 일어나 창문을 향해 다가가지. 귀도가 자신을 위하여 들려주는 음악이라는 것을 느끼는 도라, 하지만 그 음악은 이생에서 남편이 들려주는 마지막 음악이었어. 그들에게 사랑은 삶을 넘어선 예술처럼 영원한 것이었어.

다음날 귀도는 처형장으로 끌려가면서도 자신의 아들 조수아에게 자신이 게임상 얼마간 어디에 다녀와야 하니까 자신이 없는 동안 즐겁게 지금처럼 게임을 계속해서 점수를 얻어야 한다고 말하지. 귀도는 자신의 아들에게 어깨를 쫙 편 채로 씩씩한 모습만을 보여주며 처형장으로 향하지. 귀도는 그렇게 자신의 아내와 아들에게 희망을 선물로 주고 생을 마감하게 돼. 그리고 얼마 후 수용소에는 미군의 탱크가 들어오게 되고 도라와 조수아는 유대인 수용소에서 생존할 수 있었어.

귀도는 비록 엉뚱하고 별로 내세울 것도 없는 사람이었지만, 삶은 힘들지만 아름답고 사랑은 삶을 넘어선 예술이라는 것을 몸소 보여주었어. 창문 밖으로 들리는 오펜바하의 음악은 귀도의 마음을 그가 가장 사랑하는 사람에게 전해주는 마지막 선물이었지.

친구야,

나는 이 영화를 보면서 참으로 부끄러움을 느꼈어. 나는 왜 귀도처럼 살지 못했을까? 귀도는 엉뚱하지만 삶의 진정한 가치를 알았는데 나는 왜 그렇지 못했을까 하는 생각에 마음이 무거워졌어. 지나간 것은 어쩔 수 없으니 이제부터라도 귀도같은 삶을 살아갈 생각이야. 너도 시간이 되면 이 영화를 다시 한번 보길 바래. 영화가 너무 감동적이어서 그런지 오늘은 너무 많이 쓴 것 같네. 다음에 얘기 나누기로 하고 이만 줄일께.

16. 마음과 마음을 연결해 주는

친구야,

너는 이제까지 본 영화 중에 어떤 것이 가장 인상 깊었어? 나는 대학 때 〈미션〉이라는 영화를 봤는데 아직도 기억에 생생할 만큼 좋았던 것 같아.

그 영화에서 제레미 아이언스가 연기한 가브리엘 신부는 남미의 이구아스 폭포 근처에 사는 과라니족과 처음 마주쳤을 때 자신의 오보에를 꺼내서 연주를 하지. 외지인을 극도로 경계하는 원주민들은 가브리엘 신부 곁으로 무기를 들고 다가오지만 오보에의 연주에 원주민들은 가브리엘 신부에 대한 적대감을 내려놓고 그를 자신들의 마을로 데리고 가게 돼.

가브리엘 신부와 원주민 간에 서로의 마음을 이어지게 만든 것은 바로 음악이 아니었나 싶어. 말도 통하지 않고 그동안 살아왔던 서로의 문화와 관습, 그 모든 것이 달랐지만 가브리엘 신부의 진실된 마음은 음악을 통해 원주민들에게 전달이 되었고, 원주민들도 그 음악으로 인해 그들의 마음의 문을 열게 되었던 것 같아.

그 후 가브리엘 신부는 원주민들을 위해 자신이 할 수 있는 모든 것을 다했고, 원주민들 또한 가브리엘 신부를 전적으로 믿고 따르게 돼. 그리고 그들은 죽음까지 운명을 같이 하지. 마음과 마음이 이어진다는 것은 바로 이러한 것을 말하는 것이 아닐까 싶어. 끝까지 서로를 믿고 의지하며 모든 것을 함께 하는 것이 진정한 사랑의 마음인 것 같아.

미션에서 사용된 〈가브리엘의 오보에〉는 지난 세기 최고의 영화음악가라 할 수 있는 엔리코 모리오네가 작곡한 거야. 나중에 가수 사라 브라이트만이 이 영화음악을 듣고 너무 감동을 받아 엔리코 모리오네에게 직접 부탁하여 가사를 붙인 노래를 불렀는데 그것이 〈넬라판타지아〉이야.

〈Nella Fantasia〉

Nella fantasia io vedo un mondo giusto,

Li tutti vivono in pace e in onesta.

Io sogno d'anime che sono sempre libere,

Come le nuvole che volano,

Pien' d'umanita in fondo all'anima.

Nella fantasia io vedo un mondo chiaro,

Li anche la notte e meno oscura.

Io sogno d'anime che sono sempre libere,

Come le nuvole che volano.

Nella fantasia esiste un vento caldo,

Che soffia sulle citta, come amico.
Io sogno d'anime che sono sempre libere,
Come le nuvole che volano,
Pien' d'umanita in fondo all'anima.

환상 속에서 정의로운 세상을 봅니다
그곳에선 모두가 평화롭고 정직하게 살아갑니다
항상 자유로운 영혼을 꿈꿉니다
날아가는 구름처럼
영혼의 밑바닥에 인간다움이 가득합니다
환상 속에서 맑은 세상을 봅니다
밤도 덜 어둡고
항상 자유로운 영혼을 꿈꿉니다
날아가는 구름처럼
환상 속에 따뜻한 바람이
친구로서 도리에 불고
항상 자유로운 영혼을 꿈꿉니다
날아가는 구름처럼
영혼의 밑바닥에는 인간다움이 가득합니다.

서로의 마음을 연결해 주는 것, 그것은 자신보다 상대를 먼저
생각하여 그들을 위해 진심을 다하고 자신의 모든 것을 줄 수 있

어야 하는 것이 아닐까 싶어. 상대보다 나 자신을 먼저 생각한다면 이는 서로의 마음이 단단한 끈으로 연결되기는 어려울 거야.

영화가 끝나고 마지막에 추기경은 다음과 같이 말해.

"사제들은 죽고, 저만 살아 남았습니다. 하지만 실제로 죽은 건 저이고, 산 자는 그분들입니다. 그것은 언제나 그렇듯, 죽은 자의 정신은 산 자의 기억 속에 남아 있기 때문입니다."

신부와 원주민과의 마음을 연결되었던 것은 기적이 아닐까 싶어. 음악을 통해 시작된 그 기적은 결국 생명까지 함께하는 운명이 되었던 것 같아. 그러한 것이 바로 진실한 사랑이 아닐까?

17. 어떠한 선택을 하든지

친구야,

우리는 살아가면서 수많은 선택을 하게 되는 것 같아. 그러한 선택을 할 때마다 많은 고민과 고뇌를 하게 되는 것은 아마 당연할 거야. 어떠한 선택을 하는 것이 최선일까? 나의 선택은 정말 옳은 것일까? 그러한 선택이 나의 삶을 어떻게 바꾸어 갈까?

우리의 인생은 우리로 하여금 선택을 하지 않을 수 없게 만들어. 그로 인해 나름대로 최선을 다해 선택을 하지만, 그 어떤 선택에도 후회는 따르기 마련인 듯 싶어. 더 커다란 문제는 우리가 선택한 것이 선택하기 전에 예상한 대로 우리의 삶이 살아지지 않는다는 거야.

우리는 선택을 할 때 어떠한 나만의 욕심을 가지고 선택하는 경우가 대부분이 아닐까 싶어. 내가 이러한 선택을 하면 그 결과가 훨씬 좋을 것이라는 기대를 하기에 그러한 선택을 하게 되지. 그로 인해 그 선택한 것에 대한 기대를 할 수밖에 없어. 하지만 그러한 기대가 절대적으로 만족되기는 쉽지 않아. 삶에는 나도 모르는 변수가 너무나 많기 때문이고, 내가 할 수 있는 것은 한계가 있어서 그럴거야.

후회를 하지 않기 위해서는 욕심을 버려야 하지 않을까 싶어. 너무 많은 기대를 하지 말아야 할 것 같구. 게다가 나의 선택에 따라 어떠한 결과가 나오더라도 그것에 너무 집착하지 말아야 하는 것이 아닐까? 내가 최선을 다해 선택을 했으니 그 결과도 만족스럽게 되어야만 한다는 욕심에서 벗어나야 할 것 같아.

삶이 어쩔 수 없는 선택의 연속이라면 우리는 선택을 하지 않을 수 없는 운명이 주어진 것 같아. 하지만 그 선택에 따른 결과에 좌우되지 않는다면 우리는 그 선택으로부터 자유로울 수 있지 않을까? 내가 한 선택이 어떻게 되더라도 그것에 그러려니 하고 받아들여야 할 것 같아. 이래도 좋고 저래도 좋으니 그저 오늘을 담담하게 살아가면 되지 않을까 싶어. 후회라는 단어를 나 스스로 없애버리는 것이지. 나는 선택을 할 수밖에 없지만, 후회는 하지 않을 수 있을 거야. 최소한 죽음을 찬미하는 그러한 상황이 우리에게는 일어나지 않아야 하지 않을까 싶어. 너도 〈사의 찬미〉라는 노래 잘 알지?

"광막한 광야에 달리는 인생아
너의 가는 곳 그 어데이냐
쓸쓸한 세상 험악한 고해에
너는 무엇을 찾으려 하느냐
눈물로 된 이 세상에 나 죽으면 그만일까
행복 찾는 인생들아 너 찾는 것 설움

웃는 저 꽃과 우는 저 새들이
그 운명이 모두 다 같구나
삶에 열중한 가련한 인생아
너는 칼 위에 춤추는 자로다
눈물로 된 이 세상에 나 죽으면 그만일까
행복 찾는 인생들아 너 찾는 것 설움
잘 살고 못 되고 찰나의 것이니
흉흉한 암초는 가까워 오도다
이래도 한 세상 저래도 한 세상
돈도 명예도 내 님도 다 싫다"

친구야,

이 노래를 만든 사람의 마음을 이제는 이해할 것 같아. 예전에는 들었어도 무슨 의미인지도 모르고 음악만 들었지. 이 노래대로 살고 싶지는 않지만, 왠지 이 노래가 마음에 와 닿는 이유는 무엇 때문일까? 이 노래를 들으니 괜히 눈물이 날 것만 같네. 오늘은 이 음악을 들으며 잠을 자야겠다. 이만 안녕.

18. 인디언 보호 구역

친구야,

오늘 갑자기 미국에서 있었던 일이 생각이 났어. 너에게 아마 이야기해 주지 않았던 거라서 펜을 들었어.

너도 알다시피 내가 미국에서 공부할 때 캘리포니아에서 뉴욕주까지 자동차로 운전해서 간 적이 있어. 약 5,000km 정도의 거리였던 것으로 기억이 되네. 일주일 정도 꼬박 쉬지 않고 운전을 했어. 학교에 도착해 바로 유학생을 도와주는 곳으로 갔어. 오늘 도착했는데 방 하나를 구하고 싶다고 학교 직원에게 말씀드렸지. 학교에서 가지고 있는 정보로 여기저기 전화를 하더니 미국 할아버지 할머니 두 분이 사는 집이 있는데 방이 하나 비어 있어 렌트할 수 있다고 하더라. 월세는 당시 유틸리티 포함해서 200불이었고, 보증금은 필요 없다고 했어. 그 조건은 그때 당시 너무 좋은 것이라서 나는 생각할 것도 없이 그냥 그 방에서 오늘부터 살겠다고 직원분께 말씀드렸지. 직원이 다시 전화를 하더니, 할아버지 할머니가 바로 학교로 오겠다고 하니 만나서 같이 그 집으로 가면 된다고 안내해 주었어.

30분 정도 기다리니 백인 할아버지 할머니 두 분이 차를 타시고 오셨어. 차 뒷좌석에는 송아지만한 독일 셰퍼트도 타고 있었지. 나는 두 분의 차를 바짝 따라갔어. 학교에서 20분 정도 걸리는 교외에 있는 전형적인 미국 단독 주택이었어. 할아버지가 목수였기 때문에 자신이 직접 다 지은 것이라고 하더라. 할머니가 해주시는 저녁밥을 같이 먹으며 이런저런 이야기를 하며 친해졌지. 식사 후 내 방으로 들어갔는데, 일주일을 운전하고 나서 긴장이 풀렸는지 고목 나무 쓰러지듯 침대에 누워 그대로 잠이 들어버리고 말았어.

다음 날 아침 간단히 아침을 먹고 나서 셰퍼트하고 친해지고 싶어 목줄을 끌고 집 뒤뜰로 나가 산책을 했어. 셰퍼트 이름은 조지(George)였어. 힘이 얼마나 센지 내가 끌고 다닐 수가 없을 정도였지. 할아버지가 그 모습을 보시더니 껄껄 웃으시고는 특별한 일 없으면 동네 구경이나 가자고 하셨어. 할아버지 차를 타고 여기저기를 다녔는데 마침 자동차 연료를 다시 넣어야 할 때가 되었는지 할아버지께서 주유소에 가야겠다고 하시더라. 그리고는 하는 말씀이 동네에서 얼마 떨어지지 않은 곳에 인디언 보호 구역이 있는데 그곳은 세금이 없기 때문에 휘발유 값이 굉장히 싸니깐 그곳으로 가자고 하시는 것이었어. 나는 인디언 보호 구역이라는 말에 갑자기 귀가 쫑긋 서는 것을 느꼈어. 말로만 듣던 그런 곳이 근처에 있다니 갑자기 호기심이 발동하는 것이었어. 한 10분 정도 가니깐 정말 인디언 보호 구역이 나왔고 당연한 말이지만 주유소에서 일하는 아저씨들이 정말 인디언들이었어.

기름값은 정말 저렴했어. 1 갤런(Gallon)에 70~80센트 정도였던 것으로 기억이 나. 내 평생에 본 휘발유 가격 중에 가장 싼 값이었어. 1갤런은 약 3.78리터이니까 우리나라 리터로 환산하면 1리터에 약 20센트 정도가 되지. 즉 1달러를 지금의 가치인 1,200원 정도로 계산하면 휘발유 1리터에 약 250원 정도 되는 거야. 당시 우리나라 휘발유 가격이 약 1,000원 정도였으니 4분의 1 정도밖에 되지 않았던 것 같아.

할아버지가 휘발유를 다 넣은 다음 옆에 있는 세븐 일레븐에 같이 들어갔는데 담뱃값이나 모든 물건이 정말 엄청나게 쌌던 것 같아.

할아버지께서 내가 인디언 보호 구역에 흥미를 느끼는 것을 보시고는 여기저기 다니면서 구경을 시켜 주셨어. 정말 동양인 같은 모습의 인디언들이 많이 살고 있었고, 어떤 가게는 화려한 인디언 전통 복장들도 팔고 있었지. 그 가게를 할아버지와 함께 구경삼아 들어가 봤는데 인디언 추장 복장부터 여성 인디언 옷, 인디언 액세서리 등 예전에 인디언들이 쓰던 일용품이 정말 많았어.

인디언 보호 구역은 1800년대 초 미국 정부가 인디언 강제 이주 법안을 만들고 미국 전역에 살고 있는 아메리카 인디언들을 보호 구역에 모여 살게 하도록 한 지역이야. 알려진 바에 의하면 미국 전체 인디언 보호 구역은 300개가 조금 넘는데 그 면적은 우리나라 남북한을 합친 정도가 된다고 해. 물론 이 정도의 면적이 작은 것은 아니지만 미국 전역에 흩어져 살고 있었던 인디언들이 이 보호 구역에만 살게 되었으니 수학적으로 계산해 보면 인디언들은 자신들이 살고 있었던 면적이 50분의 1 정도로 줄어든 꼴이 되는 것이지. 이것은 미국 전체 면적을 50 정도라고 한다면(편의상 미국의 주가 50개이니까) 백인들이 50이라는 면적 중에 자신들이 49 정도의 면적을 사용할 테니 인디언 너희들은 50이라는 면적 중에 1 정도의 면적에서만 살라고 하는 추방 명령과 같은 것이었어. 인디언을 보호한다는 것이 아니라 쫓아낸다는 의미일 뿐이지. 그렇게 미국 역사 초기 백인들은 인디언들을 그들의 삶의 터전을 아무런 대가도 주지 않고 빼앗아 버렸던 것이야. 자신들이 살아왔던 땅을 지키려고 인디언들은 많은 저항을 하였지만, 총과 폭력 앞에서 당해낼 수가 없었고 이 과정에서 많은 무고한 생명들이 목숨을 잃었어. 역사에 있어서 약한 자는 강한 자를 이겨낼 수 없었던 것과 마찬가지야. 수천 년 그 많은 자신의 조상들이 살아왔던 그 땅을 인디언들은 어느 날 갑자기 송두리째 잃어버린 거야.

특히 체로키 부족은 그들이 대대로 살아오던 조지아주에서 오클라호마주로 강제 추방되었다고 해. 조지아 주가 백인들은 욕심이 나서 그곳에 살던 모든 인디언들을 쫓아내 버렸던 거야. 체로키 부족은 약 1,000km가 넘는 길을 걸어 오클라호마로 갈 수밖에 없었는데 그 과정에서 아이와 노인 그리고 여성을 포함한 수천 명의 체로키 인디언들이 사망했어. 이 길을 흔히 '눈물의 여로

(Trail of Tears)'라고 하지.

인디언 보호 구역을 직접 눈으로 본 나는 그날 왠지 잠을 잘 이룰 수가 없었어. 너도 알겠지만 종교의 자유를 찾아 유럽에서 신대륙으로 온 청교도들이 현재 미국 백인들의 조상이야. 그들은 유럽에서 핍박을 받았기에 자신들의 조상이 살았고 본인들이 태어나 자란 곳을 떠났던 것이지. 하지만 그 청교도들이 미국에 도착해서는 자신들이 당한 것을 똑같이 인디언들에게 했던 것과 마찬가지야.

어릴 때 〈모히칸족의 최후〉라는 책을 감명 깊게 읽었던 기억이나. 어린이들을 위한 좀 얇은 수정판이었는데 그 책을 처음부터 끝까지 몰두해서 읽었던 것 같아. 그때 어린 나이여서 그랬는지 모르지만 왜 인디언들은 그렇게 백인들에게 당해야 했던 것인지 도저히 이해가 되지 않았어.

우리 인간은 공존하는 것을 잘 모르는 것 같아. 인종, 성별, 나이 등 객관적인 차이가 있는 것은 사실이지만, 그 사실을 넘어서거나 극복하는 사람을 극히 드물어. 그 이유는 오직 자신만을 생각하는 극단적 이기주의에서 오는 것이 아닐까 싶어.

지금도 인디언 보호 구역에는 그렇게 자신의 땅을 백인들에게 빼앗기고 살아가고 있는 인디언들의 후손들이 상당히 많아. 그들이 흘린 눈물을 닦아주는 사람은 몇 명이나 되었을까?

TRAIL OF TEARS
CHEROKEE
"Walk in their Footsteps"

The area surrounding the Cedartown Big Spring was first inhabited by the Cherokee Indians. The land was prized for its abundance of sparkling spring water and shade providing cedar trees. The Cherokee people lived here peacefully until May 26, 1838 when militiamen began their forced round up as part of the 1830 Indian Removal Act. Eighty soldiers set up a military post here, on this very land, creating Camp Cedar Town. More than 200 Cherokee—men, women, and children—were captured during a month's time. Soldiers used the camp as a place to hold the Cherokee captive until they were forced to travel to deportation camps in Tennessee and later, farther west. Because of this, the land where you now stand plays a significant role in the Trail of Tears. On this ground, the Cherokee people wept, mourning the loss of the land they loved and the lives lost along this trail paved with tears.

THIS MARKER MADE POSSIBLE BY WOODMEN OF THE WORLD LIFE INSURANCE SOCIETY— "WITH YOU THROUGH LIFE" AND THE TRAIL OF TEARS REMEMBRANCE MOTORCYCLE RIDE.

19. 나는 너를 본다

친구야,

오늘따라 갑자기 〈아바타〉 영화가 생각이 나서 너에게 편지를 쓰게 되네. 그 영화의 OST를 유튜브에서 듣다가 가사에 대해 생각하게 됐어.

너도 알겠지만, 영화 아바타에서 주인공 제이크 설리와 네이티리는 서로를 있는 그대로 보며 상대의 존재를 그대로 받아들여. 두 사람의 사랑의 힘은 바로 여기서 나오게 되고 이로 인해 판도라 행성은 외부 세력의 침략을 이겨낼 수 있는 바탕이 마련되지. 이 영화의 OST가 바로 두 사람에 대해 노래하는 "I see you"이다.

"나는 너를 본다"라는 것은 단순한 것 같아도 깊은 철학적 의미가 있는 것 같아. 존재로서의 상대방을 있는 그대로 본다는 뜻인데 이는 결코 쉬운 일이 아닐 거야. 우리가 사람이나 사물 그 어떠한 존재나 현상을 볼 때는 나의 관점과 생각 또는 편견과 선입견, 그리고 그동안 내가 살아오면서 의식적, 무의식적으로 형성된 인식 체계를 통해 그 존재를 받아들이고 판단하는 것이 거의 대부분이 아닐까 싶어.

그 어떤 존재를 있는 그대로 보고 받아들인다는 것 자체는 진정으로 어려운 일이 아닐까 싶어. 일단 나의 생각과 판단이 잘못될 수 있다는 열린 마음이 전제가 되어야만 그것은 가능하니까. 하지만 우리는 일상에서 그러한 인식을 하기보다는 나의 생각과 관념이 일단 그 존재를 알기 전에 형성되는 것이 우선일 경우가 대부분이지. 이로 인해 우리는 그 존재의 진실되고 진정한 모습을 보 못 보게 되는 것 같아.

이것이 바로 존재 간의 상호작용에 있어 가장 큰 문제가 아닐까? 왜냐하면 그 존재의 참된 모습을 알지 못하는 가운데 나의 생각과 판단이 벌써 내려져 있기 때문이지. 이는 어떤 존재 간의 상호작용에 있어서 진실된 관계를 형성하는 것을 실패하게 만드는 것 같아. 여기서 서로의 오해와 문제가 생기고 신뢰를 잃게 되며 결국은 그 존재의 가치마저 묵살해 버리는 잘못을 범하게 된다는 생각이 들어.

있는 그대로의 내가 있는 그대로의 상대를 바로 볼 수 있을 때 진정한 의미의 관계가 형성될 수 있지 않을까? 이로 인해 나는 상대의 존재를 존중할 수 있게 되고 상대 또한 나를 존중하게 되어 진정한 존재의 의미와 가치가 가능하게 되는 것 같아. 제이크 설리와 네이티리는 비록 다른 행성에서 태어나 다른 환경에서 자랐고 같은 인종도 아니었지만, 상대를 존재 그 자체로 받아들일 수 있었기에 불가능을 가능으로 만들 수 있는 사랑을 완성할 수 있었던 것이라고 생각해. I see you라는 노래의 가사를 찾아보았어.

〈 I see you〉

I see you

Walking through a dream

I see you

My light in darkness breathing hope of new life

Now I live through you and you through me

Enchanting

I pray in my heart that this dream never ends

I see me through your eyes

Living through life flying high

Your life shines the way into paradise

So I offer my life as a sacrifice

I live through your love

You teach me how to see

All that's beautiful

My senses touch your word I never pictured

Now I give my hope to you

I surrender

I pray in my heart that this world never ends

I see me through your eyes
Living through life flying high

Your love shines the way into paradise
So I offer my life
I offer my love, for you
When my heart was never open
(and my spirit never free)
To the world that you have shown me
But my eyes could not division
All the colours of love and of life ever more

Evermore
(I see me through your eyes)
I see me through your eyes
(Living through life flying high)
Flying high

Your love shines the way into paradise
So I offer my life as a sacrifice
And live through your love
And live through your life
I see you

꿈속을 걸어 그대를 보아요
어둠 속에 있는 나의 빛 새로운 생의 희망을 숨 쉬고
이제 난 그대를 통해
그리고 그대는 나를 통해 함께 살아가죠
전 아름다운 이 꿈이 영원히 끝나지 않기를 기도해요

난 그대의 눈을 통해 나를 보고
높이 날아오르는 생을 살아요
그대의 삶이 천국으로 향하는 길을 비추니
전 제 삶을 바치겠어요
그대의 사랑으로 살아요

그대는 내게 바라보는 방법을 가르쳐주었죠
그 모든 건 아름다움이었어요
나의 감각이 그대의 언어를 어루만지는 것을
지금까지 난 그려본 적이 없어요
이제 그대에게 나의 희망을 드릴게요, 고백할게요
이 세상이 영원하기를 마음속으로 기도해요

난 그대의 눈을 통해 나를 보고
높이 날아오르는 생을 살아요
그대의 삶이 천국으로 향하는 길을 비추니

전 제 삶을 바치겠어요
그대를 위해 제 사랑을 바치겠어요

나의 마음이 닫혀있을 때
(나의 영혼이 자유롭지 못할 때)
그대는 내게 세상을 보여주었지만
내 두 눈은 더욱 모든 사랑의 색과
삶의 색을 분별할 수 없었어요, 언제나

그대의 눈을 통해 나를 보아요
그대의 눈을 통해 나를 보아요
높이 날아 그대의 사랑이 천국으로 향하는 길을 비추니
전 제 삶을 바치겠어요
그대의 사랑으로 살아요
그대의 삶으로 살아요
그대를 보아요

　이 영화를 볼 당시에는 OST에 대해 잘 몰랐는데 이제 생각해
보니 이 음악에 아바타라는 영화의 가장 중요한 메시지가 들어
있는 게 아닐까 하는 생각이 들어.
　친구야,
　우리도 이 노래처럼 다른 사람을 나의 잣대로 보지 말고, 있는

그대로 그냥 보는 노력을 해보도록 하자. 내가 너를 볼 때, 그리고 너도 나를 볼 때 아무런 편견과 선입견 없이 있는 그대로 받아들일 수 있도록 노력한다면 우리는 아마 평생 좋은 친구로 남아있게 될 것 같아.

20. 상대방이 바뀌지 않았다면

친구야,

이 지구상에 내 마음에 맞은 사람은 단 한 명도 존재하지 않는 것 같아. 만약 그런 사람을 원하고 있다면 차라리 나 자신을 복제 인간으로 만드는 것이 더 빠를 거야. 젊은 남녀가 사랑하게 되면 자신의 마음에 맞는 사람이라고 생각하겠지만 그 꿈은 얼마 가지 못해 산산이 부서지는 것이 보통이지. 한여름 밤의 꿈이었을 뿐이야.

내 마음에 들지 않는 사람을 만났다면 이는 내가 성숙해질 수 있는 기회가 될 수 있을지 몰라. 사람에 대해 또 다른 새로운 것을 배울 수 있게 된다는 것이지.

많은 사람이 "사람은 바뀌지 않는다"라는 말을 하곤 해. 어느 정도 맞는 말이기는 해. 하지만 이런 말을 한 사람 또한 전혀 바뀌지 않았을 거야. 자신이 변화되지 않았기에 이런 말을 하는 것에 불과할 뿐이야. 세상에 완벽한 사람은 존재하지 않는 것 같아. 신이 아닌 이상 모든 사람에게는 장단점은 있기 마련이지.

내 주위에 있는 사람이 바뀌지 않았다고 해도 문제 삼을 필요가 없어. 왜냐하면 그 사람으로 인해 내가 먼저 바뀌어야 하기 때문이 아닐까? 만약 내가 바뀌었다면 변화된 내가 바라보는 그 사람은 전과 비교해 바뀌어 있을 거야. 따라서 그 사람도 바뀌게 되는 것이라고 생각해.

상대가 바뀌기를 바라기 전에 내가 먼저 바뀌기를 노력하는 것이 먼저가 아닐까? 만약 상대가 나를 바라본다면 나에게는 문제가 없는 것일까? 상대 또한 나에게도 문제가 있다고 생각할 거야. 내 생각이 절대적으로 옳다는 생각이 가장 잘못된 생각일 뿐인 것 같아. 그것이야말로 정확히 틀린 생각이지.

내가 바뀔 때 상대가 바뀔 가능성이 더 크지 않을까 싶어. 내가 먼저 변화하려고 노력도 하지 않으면서 상대에게 그러한 변화를 요구한다는 것은 욕심에 불과할 뿐이지. 스스로 변화하려고 얼마나 노력했는지 되돌아본다면 상대에게 어떠한 것도 함부로 요구할 수 없을 거야.

상대가 완벽하지 않기에 나의 완벽하지 않음을 보완해 줄 수 있는 것이 아닐까? 만약 상대가 완벽한 사람이라면 나의 완벽하지 않음을 포용할 수조차 없을지도 몰라. 내가 대하는 상대가 완벽하지 않음을 오히려 다행으로 생각할 필요도 있어.

친구야,

오늘 내가 대하는 상대가 바뀌었는지 생각해 볼 때, 만약 바뀌지 않았다면 나 또한 바뀌지 않은 것이 분명할 거야. 상대가 바뀌기를 바라지 말고 내가 먼저 변화할 수 있도록 노력해 보자.

21. 모듬전

친구야,

오늘은 네가 잘 아는 고등학교 때 같은 반이었던 다른 친구와 함께 조치원에 있는 식당에 갔어. 전통 시장안에 있는 전을 주로 파는 가게야.

가게 문을 열고 들어가니 빈자리가 딱 하나 남아 있었어. 테이블은 모두 다 합해서 다섯 개였어. 테이블 네 자리는 이미 온 손님들로 차 있었고 가운데 한 자리만 비어 있었어. 다른 손님들은 이미 마신 막걸리나 소주로 인해 거나하게 취해 있었지. 가운데 자리에 자리를 잡고 모듬전을 시켰어.

어릴 적 영화를 많이 접하진 못했지만 재미있었던 것 중의 하나가 고교 얄개, 거꾸리와 장다리 같은 것이 있었어. 당시 청춘 영화로 인기를 많이 끌었는데 이승현, 김정훈, 이덕화 씨 등이 주연을 맡았었지. 밝고 꿈 많은 중고등학교 시절의 이야기를 영화로 만들었기에 나도 그 영화를 재미있게 보았던 기억이 있어.

이 전집은 바로 그 당시 청춘스타라고 할 수 있는 이승현 씨와 그의 아내가 운영하는 곳이야. 조치원은 아주 조그만 동네로 예전엔 읍이었는데 나중에 세종으로 편입이 되었어. 하지만 지금도 동네 자체가 그리 크지는 않아. 전통 시장도 조그마하고 우리가 도착한 시간은 오후 7시가 넘었기에 시장 안의 상가들은 대부분 문을 닫고 있었어.

새마을 전집도 동네와 마찬가지로 열 평도 되지 않는 조그만 가게였어. 테이블이 다섯 개밖에 되지 않으니 크기는 짐작할 수 있을 거야.

테이블에 앉아 친구와 얘기하다 보니 주문한 모둠전이 나왔어. 육전, 생선전, 동그랑땡, 장떡, 고추전, 두부전, 버섯전 등 여러 가지 전을 다 맛볼 수 있었지. 시골이라 그런지 양이 너무 많아 다 먹을 수 없을 정도였어.

이런저런 이야기를 하며 천천히 전을 하나씩 먹었어. 옆 테이블에 앉아 있던 분들도 막걸리를 마시며 지나온 시간들을 이야기하는 것 같았어.

우리는 살아가다 보면 많은 일을 겪을 수밖에 없지 않을까 싶어. 원하건 원하지 않건 삶이 나의 뜻대로, 내가 원하는 대로 살아지는 것은 아닌 것 같아. 행복한 순간이 있었으면 불행한 순간도 있고, 기쁜 날이 있으면 슬프고 아픈 날도 있기 마련이지. 영광과 환희의 날이 있었다면 고통과 인내의 시간도 있을 수밖에 없어. 삶은 그렇게 수많은 일과 사건, 그리고 사람들로 인해 가득 채워지게 되는 것 같아. 모든 것들이 그렇게 얽히고설킨 채 우리는 인생의 길을 걸어갈 수밖에 없겠지.

평생 좋은 일만 있는 사람도 없고, 나쁜 일만 있는 사람도 없어.

삶을 크게 보면 누구에게나 다 마찬가지 아닐까? 모둠전처럼 여러 가지 것들이 다 섞여 있는 것이지. 전의 종류에 따라 맛이 다르듯이 인생도 쓴맛, 단맛 모두 합쳐져 있을 수밖에 없어.

이승현 씨도 많은 아픔이 있었던 듯해. 하지만 그는 이 작은 도시 조치원에서 조그만 전집을 하면서도 새로 맞은 아내와 나름대로 삶의 행복과 기쁨을 위해 살아가고 있는 것 같이 보였어.

삶은 우여곡절이 있지만 그러한 것을 겪으며 인생의 깊은 의미를 알게 되는 것 같아. 인생은 여러 가지 종류가 다 모여 있는 모둠전 같은 것이 아닐까 싶어. 우리에게 아픔과 어려움이 있기는 하지만 행복과 기쁨이 있다는 것도 분명한 사실이야.

다 먹지 못할 양이었는데 이런저런 이야기를 하면서 모둠전을 다 먹고 사장님께 인사를 하고 가게를 나왔어. 식당을 나오면서 매일 하는 말인데 그날따라 왠지 그 느낌은 다른 것 같았어.

친구야,

나중에 기회가 되면 너하고도 같이 여기에 와서 모둠전을 먹어보도록 하자. 아마 네 입맛에 맞아 많이 좋아할 것 같아.

22. 신에게 물어보고 싶어

친구야,

잘 지내고 있는지 모르겠다. 요즘은 아버지 때문에 마음이 너무 아파. 세월은 흘러서 나는 나이를 먹어가지만, 아버지는 점점 어려지시는 것 같아. 어제 말씀하신 것도 잊어버리고 무엇을 어디에다 두셨는지 잘 기억도 못 하셔. 말도 안 되는 이상한 말씀도 많이 하시고 그러한 말씀을 했는지도 모르시고. 내가 무슨 말을 해도 그냥 웃기만 하시고, 엉뚱한 행동도 가끔 하시곤 해.

이제 아버지 혼자 집 밖으로 나가지 못하도록 하는 것이 중요한 일거리가 되어 버렸어. 내가 어릴 적 아버지가 나를 돌보아 주시듯 이제는 내가 아버지의 많은 것을 돌보아 드리고 있어.

신은 인간에게 왜 노화라는 메커니즘을 만들어 놓았는지 물어보고 싶어. 평생을 힘들게 살아왔다면 말년이라도 평안하게 지낼 수 있도록 하면 안되나 하는 생각이 들어. 신은 완벽한 존재라고 믿고 싶지가 않아. 더 나은 길이 있는데도 불구하고 왜 그러한 슬픈 노화의 길을 인간은 걸어가야만 하는 것인지 따져보고 싶어. 나라면 그런 것 없이 인생을 마칠 수 있도록 했을 것 같아. 그렇다고 내가 신에게 대든다거나 하는 것은 아니야. 마음이 너무나 아프고 속상해서 신에게 넋두리라도 하고 싶어서 그래. 이러한 말을 한다고 해서 신이 나에게 벌을 내리지는 않으시겠지?

하지만 분명히 그러한 노화 과정의 메커니즘을 왜 만들었는지 따져보고 싶어. 다른 방법은 도저히 없었는지, 그 이유가 뭐냐고 물어보고 싶어. 만약 그러한 신의 답을 아는 이가 있다면 나에게 알려주었으면 좋겠어. 나는 도저히 이해하려고 해도 할 수가 없기 때문이야.

그게 자연의 원리고 순리니까 그냥 받아들이라면 받아들이겠지만 단순히 받아들임의 문제가 아니야. 그 이유라도 알면 쉽게 받아들일 수 있는 것이 아니냐 말이지.

아무리 고민해도 알 수가 없으니 답이 없는 문제라고 판단하기로 했어. 그리고 내가 해결할 수밖에 없다는 것을 철저히 인식했어. 나에게 주어진 십자가이니 내가 짊어지고 가는 것은 문제가 되지 않지만, 어머니가 불쌍하고 마음 쓰릴 뿐이야. 내가 어머니에게 아무리 잘 설명해 드려도 어머니는 잘 받아들이지 못하셔.

너도 알겠지만, 난 따지는 것을 좋아하지는 않아. 그냥 웬만하면 그러려니 하고 넘어가는 성격이지만 이번에는 과감하게 따져보고 싶어. 하지만 따져도 소용없다는 것을 확실히 깨달았어. 그게 나의 한계가 아닌가 해.

어릴 때 아버지가 나를 업어주셨듯이 이제 내가 아버지를 업고 가기로 했어. 어디를 가시든지 무슨 일을 하시든지 내가 다 업고 가다 지치면 안고라도 갈 생각이야. 아버지가 내가 아이였을 때

나를 안아 주셨듯이 그렇게 내가 안고 갈 거야. 힘들지 않겠느냐고 묻는다면 그건 신에게 가서 물어보라고 하겠어. 신이 나에게 준 것이니까. 어머니에게 마음만 단단히 하시라고 말씀드렸어. 나머지는 내가 다 할 테니 걱정하지 마시라고. 앞으로 나에게 더 무거운 짐이 생길 것 같아. 하지만 이제까지 그렇게 살아왔어. 무거워 봤자 얼마나 무겁겠니? 이력이 나서 무거운지 가벼운지도 모르니 무딘 내 성격이 이러한 것에도 도움이 되는 것 같아.

그래도 그 많은 고비를 넘겼으니 또 다른 고비가 두렵지는 않아. 별것 아니라고 생각하면 진짜 별것이 아니었어. 삶은 그렇게 주어질 수밖에 없는 것이고, 그나마 함께 할 수 있음이 행복할 뿐이야.

친구야,

너는 아주 어릴 때 아버지를 잃었는데, 그 나이에 어떻게 그것을 감당했는지 지금 생각해 보면 대단하다는 생각이 들어. 네 말대로 아버지가 지금 나와 함께 계신다는 것만 생각해도 나는 분명 축복받은 사람일 거야. 다음에 또 쓰도록 할게. 네가 만약 신의 뜻을 조금이라도 알고 있다면 나에게 알려주렴.

23. 진정으로 알고 있는 것일까?

친구야,

진정으로 안다는 것은 어떤 것일까? 중요한 것은 우리가 현재 알고 있다는 것을 단정하는 것은 또 하나의 오류를 만들어 낼 수 있다는 가능성을 염두에 두어야 하는 것이 아닐까 해. 현재 내가 알고 있는 것과 그것을 바탕으로 옳다고 고집하는 것보다는 항상 열린 가능성을 두는 것이 현명하다는 생각이 들어.

물론 자신이 현재까지 알고 있는 것을 주장하는 것은 문제가 없으나 그것에 집착하는 것에는 문제가 있을 수 있다고 생각해. 주장과 집착은 분명히 다르지. 그 집착은 고집이 되고 이로 인해 오류가 발생할 수 있으며 그 결과로 돌이킬 수 없는 길을 갈 수 있어.

자신이 생각하는 것이 옳을 수도 있지만 그렇지 않을 수도 있을 것이라는 가능성을 열어 두는 것이 진정으로 무엇인가를 알고 있는 태도가 아닐까 싶어. 그러한 태도가 보다 나은 단계로 자신을 발전시킬 수 있게 만들어주는 토대가 될 수 있을 거야.

내가 예전에 옳다고 생각했던 것이 시간이 지나고 나면 그렇지 않았다는 것을 누구나 다 경험했을 거야. 그럼에도 불구하고 우리는 현재에도 자신이 옳다는 것을 항상 주장하고 있는 것은 무엇 때문인 걸까?

요즘엔 자신이 옳다고 확신을 하며 주장을 하는 사람과 거리를 두고 싶은 마음이 생기곤 해. 왠지 그런 사람이 두렵기조차 해. 이쪽에서 본 것과 저쪽에서 본 것은 분명히 다를 수가 있어. 한쪽에서 본 것으로 모든 것을 알고 있는 것처럼 주장하는 것은 자신이 스스로 오류를 범할 수 있다는 것을 인식조차 하지 못하는 것 같아.

나 스스로도 현재 내가 생각하고 있는 것이 옳지 않을 수 있고, 다른 가능성도 있을 수 있다는 것을 항상 염두에 두어야 할 것 같아. 나도 지난 시간에 많은 오류를 범했기 때문이지. 이제는 그러한 오류를 더 이상 하고 싶은 생각이 없어. 그동안 범했던 오류로도 충분하기 때문이야.

친구야,

내가 생각하기에 그래도 너는 마음이 넓고 여러 가지 가능성을 열어두고 사는 것 같아. 주위에 그런 사람들이 많았으면 좋겠어. 사실 대부분의 사람이 그렇지 못한 것 같아서 요즘 엄청 속상하거든. 그래서 그런지 네 생각이 많이 나네. 건강하게 잘 지내렴.

24. 모든 것은 떠나가고

친구야,

이 세상에 영원한 것은 존재하지 않는 것 같아. 모든 것은 오고 잠시 머무르다 떠나가는 것이 자연의 이치가 아닐까 싶어. 영원한 행복도 없고 영원한 기쁨도 없고. 어느 순간 행복하고 어느 순간 기쁠 뿐인 것 같아. 불행이나 슬픔도 마찬가지로 한순간일 뿐일 거야.

그러기에 어떠한 것을 굳이 잡으려 할 필요가 없지 않을까 싶어. 단지 조금 일찍일 수 있고 조금 늦는 것일 뿐 잡으려 한다고 해서 머무르지 않으니까. 나의 마음대로 내가 원하는 대로 머물다가는 것은 없는 것 같아. 오직 나의 욕심일 뿐 결코 그 욕심이 이루어지지는 않을 거야.

마음을 비우고 내려놓아야 하지 않을까 싶어. 순리대로 될 수 있도록 모두 다 받아들여야겠다는 생각이야. 자연의 이치를 받아들이지 않는다는 것은 어쩌면 슬픈 것일지 몰라. 시간이 지나면 결국 받아들이는 수밖에 없게 되니까.

모든 것을 받아들임으로 인생을 더욱 사랑하게 될 수 있겠다는 생각이 들었어. 소중하다는 것을 인식하기 때문이지. 떠나갈 것이기에 모든 것이 사랑스럽고 소중할 수밖에 없어. 떠나간 것은 되돌아오지 않기에 떠나갈 것을 위해 지금 내가 할 수 있는 것을 다할 수밖에 없지.

우리가 살아가다 보면 조금 더 오래 머무르다 가는 것도 있고 잠시만 함께 하다 가는 것도 있고 스쳐 지나가는 것도 있어. 그 모든 것이 나에겐 소중할 뿐이야. 얼마간 머무르다 갈지 모르지만, 나는 그것을 알 수도 없지만 함께 있는 동안 내가 할 수 있는 최선을 다하면 되지 않을까 싶어. 그 이상의 욕심을 부리는 것은 자연의 섭리를 벗어나는 것이기에 가능하지도 않고.

순간은 영원히 기억되는 것으로 족할 것 같아. 돌아오지 않는 순간이기에 반복되지 않는 순간이기에 할 수 있는 것은 그것 외엔 존재하지 않는다는 생각이 들어.

행복이나 기쁨이나 사랑이 영원할 것이라 기대하지 않는 것이 현명할 것 같아. 언젠가 그러한 것들도 끝이 있기에 그 순간 좋았던 것으로 생각하는 것으로 충분하다는 생각이 들어.

모든 것이 가지만 새로운 것도 오기 마련이야. 새로운 것이 어떠한 것일지는 모르나 또다시 나의 최선을 다하면 된다는 생각이야.

친구야,

나는 이제 나에게 오고 가는 것에 연연하지 않을 생각이야. 때가 되어 오는 것이고 때가 되어 떠나가는 것이기에 할 수 있는 것은 마음을 내려놓고 받아들이면 될 것 같아. 그것이 자연의 섭리이기니까.

25. 아기 같은 부모님

친구야,

요즘 나는 어머니나 아버지가 아기 같은 느낌이 많이 들어. 특히 아버지의 경우 지난겨울 뇌경색을 겪으시고 나서 혼자 집 밖에 나가시겠다고 하면 덜컥 겁이 나곤 해. 얼마 전 발바닥이 불편하셔서 침을 맞으시러 다녀오겠다고 하시면서 나가셨는데 3시간이 되어도 돌아오시지 않는 것이었어. 한 시간 정도면 돌아오시는데 9시쯤 나가셔서 점심시간이 다 되어도 돌아오시지를 않아 걱정이 되기 시작했어. 갑자기 혹시나 길을 잃으신 것은 아닌지 겁이 나서 얼른 옷을 주워 입고 밖으로 나가 아파트 정문을 나서려는데 그때야 아버지께서 천천히 절룩거리시면서 돌아오시는 것이었어. 근처에 있는 한의원이 아닌 예전에 살던 곳에 있는 병원에 다녀오느라 늦으셨다고 하셨어. 가슴을 쓸어내리고 집으로 모시고 들어왔어.

어머니는 요즘 모든 걸 나한테 물어보고 그러셔. 예전에 그러지 않으셨는데 정말 사소한 것까지 나한테 의지를 하셔. 내가 어렸을 때 뭐든지 어머니에게 물어보고 했던 기억이 나는데 요즘엔 완전히 반대가 되어 버린 것 같아. 어머니 항암치료가 끝나고 나서부터는 더욱 그러신다는 생각이 들어.

항암치료를 받으면서 하얗던 어머니의 피부는 거무스름해졌어. 이제 항암치료가 끝나고 어느 정도 지나서 다시 피부가 원래의 색으로 돌아오고 있어. 지난번 어머니의 얼굴색이 되돌아오는 것을 보고 기뻐서 어머니 두 뺨을 내 두 손으로 감싸면서 "우리 아기 너무 이뻐지네"하는 말이 나도 모르게 튀어나와 버렸어. 어머니가 아기처럼 생각되는 나의 내면에 있는 말이 나도 모르게 나와 버린 것 같아.

시간이 흘러갈수록 이제 부모님은 점점 아기처럼 되어 갈지 몰라. 식사를 하시다가 아버지는 가끔 엉뚱한 말씀을 하시고 어머니는 기억력도 많이 떨어지셨어. 세월은 그렇게 흐르고 시간은 돌이킬 수가 없는 것 같아.

어릴 땐 어머니 아버지 뒤만 졸졸 따라다녔는데 이제는 부모님과 함께 걸어가다 보면 천천히 정말 천천히 보조를 맞추어 가지 않을 수 없어. 어릴 적 무슨 일이 생기면 나 대신 다 해결해 주셨지만, 이제는 부모님에게 생기는 문제는 내가 다 해결해야 할 때가 된 것 같아.

아기 같아지는 부모님을 보면서 나의 마음이 무겁고 가슴이 시린 것은 무엇 때문일까? 그냥 가슴이 뻥 뚫린 것 같고 마음이 휑한 것이 허무하고 허탈한 것은 사실이야.

하지만 아기 같아도 아직은 내 곁에 계시는 것으로 나는 행복하다는 생각이 들어. 내가 할 수 있는 것이 있다는 사실이 내가 도움을 드릴 수 있다는 것이 그나마 나는 다행으로 생각돼.

친구야,

시간이 지날수록 나의 부모님은 점점 더 아기 같아질 거야. 하지만 나는 내 힘이 닿는 그 날까지 아기 같은 부모님을 엎고서라도 끝까지 갈 생각이야. 내가 지치지 않도록 너도 나를 많이 응원해주면 좋겠어.

26. 오늘 하루

친구야,

지금 생각해 보면 예전엔 내가 소원하고 바라는 것들이 참으로 많았던 것 같아. 욕심이 많아서 그랬던 것일까? 그러한 것들을 이루기 위해 밤낮으로 열심히도 뛰어다녔지. 하지만 요즘엔 내가 바라고 원하는 것들이 많이 줄어들게 되는 것을 느껴.

왜 그런 것일까? 나이가 들어서 그런 것 같기도 하고 이일 저일 겪다 보니 내 손으로 할 수 없는 것들이 훨씬 더 많다는 것을 알게 되어 그런 것 같기도 해.

하지만 가만히 생각해 보면 내가 무언가를 바라고 기대를 하면 그것이 이루어져야 행복하게 되는데, 내가 바라는 모든 것이 이루어질 일도 없고 내가 기대한 기대치에 이르는 것도 거의 불가능하다는 것을 깨달았어. 따라서 너무 많은 것을 소원하고 기대하는 것은 나 스스로 불행해지는 길로 가는 것이 아닌가 하는 생각이 들어. 내가 원하는 것을 얻었더라도 그것이 엄청난 것이 아니라는 것을 이제는 잘 알기 때문인 것일까?

그래서인지 요즘엔 많은 것을 바라거나 기대하지는 않아. 그저 이 정도면 행복하다고 생각하려고 해. 내 주위의 사람들에게도 기대하는 것이나 바라는 것이 별로 없어. 직장에서도 그렇고 내가 하는 일에 있어서도 욕심을 다 내려놓았어. 그냥 오늘 내가 좋아하는 것이나 묵묵히 하려는 마음이야. 사람들도 내게 오면 오고, 가면 가는가 보다 하는 생각을 해. 오는 사람은 오는 이유가 있을 것이고, 가는 사람은 가는 이유가 있겠지. 내가 하고 있는 일도 그냥 할 수 있는 것만 어느 정도 하는 선에서 끝내곤 해.

대신 나의 삶을 즐겁게 할 수 있는 것을 하나씩 찾으려고 노력하고 있어. 많은 어려움 없이, 다른 사람의 도움 없이, 혼자서 나의 삶을 즐길 수 있는 것을 찾아서 하고 있어. 더 시간이 지나가면 내가 하고 싶어도 할 수 없는 것이 많아질 것 같아. 지금 할 수 있을 때 그러한 것을 조금이나마 시도하려고 해.

행복은 나의 소원이 이루어지거나 나의 바람이나 기대가 성취된다고 해서 오는 것이 아닌 듯싶어. 물론 그러한 것이 다 잘 된다면 기쁘기는 하겠지만, 그렇게 될 수도 없고 될 리도 없지. 행복은 그냥 내가 하루하루 살아가면서 만들어 가는 것이 아닌가 하는 생각이 들어.

친구야,

나의 인생의 모든 순간이 행복할 수는 없지만, 오늘 하루는 행복할 수 있지 않을까? 너도 오늘 충분히 행복하기를 기도할게.

27. 처음이자 마지막

친구야,
　오늘은 노벨 문학상 수상자인 비스와바 심보르스카의 시를 읽었어.

〈두 번은 없다〉

비스와바 심보르스카

두 번은 없다. 지금도 그렇고
앞으로도 그럴 것이다. 그러므로 우리는
아무런 연습 없이 태어나서
아무런 훈련 없이 죽는다.
우리가, 세상이란 이름의 학교에서
가장 바보 같은 학생일지라도
여름에도 겨울에도
낙제란 없는 법
반복되는 하루는 단 한 번도 없다.

두 번의 한결같은 입맞춤도 없고,
두 번의 동일한 눈빛도 없다.
어제, 누군가 내 곁에서
네 이름을 큰 소리로 불렀을 때,
내겐 마치 열린 창문으로
한 송이 장미꽃이 떨어져 내리는 것 같았다.
오늘, 우리가 이렇게 함께 있을 때
난 벽을 향해 얼굴을 돌려버렸다.
장미? 장미가 어떤 모양이었지?
꽃이었던가, 돌이었던가?
힘겨운 나날들, 무엇 때문에 너는
쓸데없는 불안으로 두려워하는가
너는 존재한다—그러므로 사라질 것이다
너는 사라진다—그러므로 아름답다
미소 짓고 어깨동무하며
우리 함께 일치점을 찾아보자
비록 우리가 두 개의 투명한 물방울처럼
서로 다를지라도....

이 시를 읽으며 많은 생각을 했어. 모든 것은 처음이자 마지막
이라는 생각이 들어. 나에게 오늘이 별로 중요한 것 같지 않아도
나의 생에서 오늘은 다시 돌아오지 않지. 내 옆에 항상 있을 것

같은 사람도 어느 순간 내 곁을 떠나가 버리고.

삶에는 연습도 없고 훈련도 없는 것 같아. 오늘은 미래를 위해 존재하는 것이 아니고, 우리는 그저 연습 없이 오늘을 살아가야만 하는 것이라는 생각이 들어. 나의 생각대로 나의 기대대로 나의 삶이 살아지지 않더라도 방법은 없어. 지나간 것에 대해 후회할 필요도 없고 미련을 가질 이유도 없지. 다시 돌아오지 않는 것을 생각할 시간에 오늘을 충실히 살아가는 것이 오늘마저 잃지 않는 최선의 길이기 때문이라고 생각해.

의미 있는 순간의 삶을 지속적으로 만들어 갈 수는 없어. 나에겐 한계가 있기 때문이야. 다만 나름대로 노력할 뿐이지. 보다 중요한 것을 위해 보다 의미있는 것을 위해 나의 시간을 채워갈 뿐이야.

모든 것이 나에게 처음이자 마지막이기에 모든 것이 소중하다고 생각해. 그렇기에 품으려 노력해야 하고. 받아들이고 용서해야 하고. 나를 비우고 나를 내려놓아 더 많이 무언가를 할 수 있도록 나 자신을 낮추어야겠다는 생각이 들어.

친구야,

어느새 가을이다. 곧 겨울이 오고 올해도 지나갈 거야. 세월은 어김없다. 그 세월 속에서 나는 지금 어디에 있는 것일까?

28. 친구란

 친구야,

 오늘은 갑자기 친구가 무엇인지 생각하면서 편지를 쓰고 있어. 너하고 나하고는 아주 친한 친구 맞지? 내가 생각하는 친구에 대해 한번 들어볼래?

 친구란 일단 순수해야 한다고 생각해. 이익을 위해 존재하는 것이 아니지. 그냥 있음으로 만족해야 할 것 같아. 나를 위해 친구가 존재하는 것도 아니고 친구를 위해 내가 존재하는 것도 아니니까. 나에게 도움이 된다고 하여 가까이하려 하고 나에게 도움이 되지 않는다고 해서 멀리한다면 진정한 친구로서 오래갈 수 없다는 생각이 들어. 서로의 생각이 달라도 그저 그러려니 해야 할 것 같아. 나의 생각을 친구에게 관철하려 해도 안 되고, 나와 생각이 다르다고 해서 비난하는 관계라면 친구라는 순수함을 잃지 않을까 싶어. 친구는 나와 당연히 다름을 인정할 수 있어야만 한다고 생각해.

 친구는 너무 가깝지도 너무 멀지도 않아야 될 것 같아. 그가 있는 자리에서, 나는 내가 있는 자리에서 충실할 때 의미가 있지. 친구가 좋다고 해서 친구를 내 쪽으로 끌어당겨도 안 되고, 내가 친구 쪽으로 끌려가도 안 되고. 그저 있는 그 자리에서 응원해주고 격려해줌으로 족해야 한다고 생각해.

또한 친구는 편안함이 아닐까 싶어. 내가 그를 만날 때 편해야 하고, 친구도 나를 만날 때 편해야 할 것 같아. 만나는 데 있어서 거리낌이 있다면 이미 편안함을 잃었음이지. 만나는 데 있어 고민을 한다면 친구로서의 자연스러운 흐름을 잃었기 때문이라고 생각해. 나의 단점에도 불구하고 편해야 하며, 친구의 장점에도 개의치 말아야 할 것 같아. 그것이 바로 편안함이 아닐까?

아무 때나 서슴지 않고 만날 수 있어야 진정한 친구라는 생각이 들어. 만남에 있어 이유를 따지거나 일부러 시간을 잡고서야 만날 수 있다면 마음에 합한 친구라 할 수 없어. 그냥 아무 때나 가서 만나고 아무 때나 연락해도 볼 수 있는 격의 없는 친구라야 참된 친구라고 생각해.

친구란 아무 얘기나 할 수 있어야 하지 않을까 싶어. 나의 아픔도, 나의 외로움도, 나의 고민과 문제도, 심지어 내가 잘못한 것이나 실수도 터놓고 이야기할 수 있어야 해. 내가 이 얘기를 해야 하나 말아야 하나 고민을 한다면 진정한 친구가 아니지. 아무 생각 없이 이야기해도 다 받아주고 그에 대한 자신의 의견도 서슴지 않아야 좋은 친구인 것 같아. 나의 마음을 터놓고 이야기할 수 있는 것은 그가 나의 허물을 다 포용할 수 있는 넓은 마음이 있기 때문이지.

친구란 믿음이라는 생각이 들어. 친구와 그렇게 터놓고 이야기할 수 있는 것은 나의 비밀이 유지될 수 있을 것이란 믿음이 있기 때문이 아닐까? 그러한 믿음이 없다면 나의 속마음을 보일 수 없지. 믿을 수 있기에 나의 문제와 아픔과 고통마저 이야기할 수 있는 것이고.

친구 사이에는 기준이 필요 없어야 할 것 같아. 내가 생각하는 대로 친구가 따르지 않아도 좋고, 친구가 생각하는 대로 내가 따르지 않아도 상관없어야 하고. 서로 간의 어떤 기준이나 기대가 존재한다면 그에 미치지 못할 경우 언제든지 실망하고 만족하지 않기에 그대로 관계가 끝날 수 있어. 많은 기대도 하지 말고 자신의 기준도 주장하지 말아야 할 것 같아. 그저 있는 그대로 받아들임으로 충분하지 않을까 싶어.

친구란 마음이 먼저가 되어야 할 것 같아. 내가 힘들 때 나의 마음을 알아주고 친구가 어려울 때 마음을 써야겠지. 그러한 마음이 스스로 우러나야 하고. 우정은 시간의 함수가 아닐까? 하지만 우상향하는 함수여야 할 것 같아. 시간에 따라 우하향한다면 다시 상승하기 힘들거든. 또한 그 함수에는 많은 변수가 없어야 한다는 생각이 들어. 최소한의 변수만 남겨두어야 가장 좋은 친구로서 함께 성장하고 오래갈 수 있을 거야.

친구야,

따스함과 위로와 격려, 그리고 있는 그대로 받아들임, 그것이 친구란 무엇인지에 대한 답이 아닐까 싶어. 네 생각은 어때? 너의 의견을 한번 들려줄래?

29. 짐노페디

친구야,

너도 음악을 많이 좋아하지? 나도 마찬가지야. 나 같은 경우 하루의 일과를 모두 다 마치고 잠자리에 들기 전에 음악을 잠깐이라도 듣고 자곤 해. 이제는 습관이 되어 음악을 듣고 나서야 잠이 오는 것 같아. 사실 음악을 잘 알지도 못하고 공부를 한 적도 없지만, 왠지 음악을 들으면 마음이 편해. 음악의 종류도 가리지 않고 들어. 클래식, 한국 가요, 팝송, 유럽 및 남미 음악, 종교 음악 등 가리지 않고 그냥 다 듣게 돼. 예전엔 좋아하는 음악 위주로 반복해서 들었지만, 언제부턴가 마음을 열고 모든 종류의 음악을 다 듣게 되었어. 아직 들어본 적 없는 것도 많고, 들어도 잘 알지도 못하지만, 그냥 음악을 들으며 마음을 쉬곤 해.

내가 특히 좋아하는 음악은 짐노페디라는 거야. 이 음악을 작곡한 사람은 에릭 사티인데 그리 많이 알려진 음악가는 아니지만, 그의 음악을 듣고 있으면 하루 동안 있었던 마음 심란했던 일들이 잊혀지곤 해. 사티는 자신이 하고자 하는 많은 일에 실패를 했던 사람이야. 그는 학교생활에도 염증을 느꼈고, 사랑도 실패를 했으며, 군대에서도 적응하지 못했어. 그에게 평생 따라다녔던 것은 지독한 가난과 외로움밖에 없었지. 그러던 어느 날 〈오래된 것들〉이라는 시를 읽고 영감을 얻어 이 곡을 작곡했다고 해.

짐노페디를 듣고 있다 보면 이상하리만큼 그 음악에 끌리게 돼. 왜 그런 것일까? 사실 이 음악은 굉장히 단조로워. 전혀 화려하지도 않지. 많은 악기도 아니고 단순히 피아노 음악일 뿐이야. 클라이맥스도 별로 없고 드라마틱하지도 않아. 하지만 깊이가 있고 어떠한 향이 묻어 나는 것 같아.

하루 종일 많은 일들을 처리하고 정신적으로도 힘든 일이 있는 날은 나도 모르게 짐노페디를 듣게 돼. 모든 것을 다 잊고 싶어서 그러는 것일까? 마음의 안정을 얻고 싶기 때문일까?

내가 짐노페디를 좋아하는 것은 아마도 편안함을 원해서 그런 것일지도 몰라. 모든 복잡한 것들을 잊어버리고 마음의 고요함을 무의식적으로 갈망하기 때문인 것 같기도 하고, 따뜻한 위로를 받고 싶어 듣게 되는 것 같아. 피아노 소리밖에 없어서 그런지 모르지만, 단순히 살아가고 싶은 마음도 간절하지. 살아간다는 것은 별것이 없는데 왜 이리 복잡하고 힘든 일들은 계속되는 것일까? 모든 것을 내려놓고 그냥 물 흘러가는 대로 살아가는 것이 제일 좋은 것은 아닐까?

30. 파이 이야기

친구야,

오늘은 영화 "파이 이야기"를 봤어.

오래전에 개봉한 영화이기는 하지만 이제서야 그 영화를 보게 되었어. 개봉할 때 영화를 봐야 하는데 일이 많다 보니 이렇게 시간이 한참 지나서야 보게 되네. 도깨비라는 드라마도 방송할 때는 못 보다가 얼마 전에 블로그 이웃분의 추천으로 보게 되었는데 정말 재미있더라.

파이 이야기는 맨 부커상을 받은 얀 마텔의 동명소설을 영화화한 작품이야. 처음에는 사실 판타지 영화라 볼까 말까 했는데 조금 지나니 영화에 점점 몰입하게 되더라. 파이는 주인공 인도인 남자의 이름이야.

영화를 보면서 파이에게 왜 그러한 일들이 일어났는지 계속 생각하게 되더라. 영화에서 파이는 그가 가지고 있던 모든 것을 잃게 돼. 그의 온 가족은 인도에서 캐나다로 이민을 가게 되는데, 그런 과정에서 파이는 사랑하는 여인과 헤어지게 돼. 그리고 이민을 위해서 커다란 배를 타고 가던 중 바다 한복판에서 폭풍우를 만나 아버지, 어머니, 형 모두가 죽게 되고 파이만 홀로 구명 보트에 남아 간신히 폭풍우에서 살아남게 돼.

그런데 그 보트에는 커다란 배에 실려 있던 얼룩말, 오랑우탄, 하이에나도 같이 남겨지는데, 하이에나가 얼룩말과 오랑우탄을 죽게 만들고 주인공인 파이마저 공격하려고 할 때 갑자기 호랑이가 나타나 하이에나를 죽여 버려. 호랑이는 수영을 할 수 있으니 보트 밑에서 따라왔던 거야. 결국 그 조그만 보트에는 파이와 이름이 "리차드 파커"인 호랑이만 남게 돼. 파이는 그 드넓은 바다 한가운데에서 조그만 보트에 지구 상에서 가장 사나운 맹수인 벵갈 호랑이하고만 있게 되는 거야.

파이는 호랑이인 리차드 파커에게 당하지 않기 위해 하루 24시간 긴장 속에서 살아갈 수밖에 없었어. 그런데 생각해 보면 파이가 만약 보트에서 혼자였다면 그가 생존할 수 없었을지도 몰라. 영화에서 보면 파이는 가장 오래도록 바다의 조난에서 구조되지 못한 사람 중의 한 명으로 나와. 파이가 그 오랜 기간 동안 살아남을 수 있었던 것은 호랑이와 함께 있으면서 계속 긴장을 했기에 가능하지 않았나 싶어.

파이는 그에게 가장 소중했던 모든 것을 잃고 바다 한복판에 홀로 남겨져 있었는데, 만약 호랑이가 없었다면 그는 커다란 절망 속에서 그 오랜 시간을 버티지 못하고 스스로 무너졌을지도 몰라. 파이와 호랑이는 오랜 조난 끝에 결국 멕시코에 도착해서 생명을 구할 수 있었어.

영화를 보다가 이런 생각이 들었어. 파이에게는 왜 그런 역경들이 있었던 걸까? 이유는 알 수 없지만 아마 운명이 아니었나 싶어. 하지만 아무리 험한 운명도 긴장을 늦추지 않고 자기 자신을 지키려 노력한다면 그러한 모든 어려움을 이겨낼 수 있을 거야.

내가 생각하기에는 너에게도 그동안 많은 어려움이 있었을 거야. 짐작건대 아마 너도 파이처럼 모든 어려움을 극복했으리라 믿어. 아무리 힘든 일이 있어서 용기와 희망을 잃지 말고 꿋꿋하게 살아왔던 너였으니까. 우리 나중에 만나게 되면 그러한 힘들었던 일들을 어떻게 이겨냈는지 서로 나누어보도록 하자. 아마 그때는 그 모든 어려움이 다만 추억으로 남아 있을 거야.

친구야,

혹시나 오늘 네가 큰 어려움에 처해 있는지는 모르겠지만, 파이처럼 힘내고 파이팅하길 바랄게.

31. 이카루스

친구야,

오늘은 서울에서 열리는 마르크 샤갈 특별 전시회에 다녀왔어. 미루고 미루다가 시간이 나서 큰마음 먹고 발걸음을 재촉했지. 내가 좋아하는 화가는 샤갈하고 고흐야. 이유는 잘 모르겠지만 그분들의 그림을 보면 왠지 마음이 끌려. 나는 미술에는 문외한이라 잘 이해도 못 하지만 그냥 그림을 보면서 이 생각 저 생각을 하곤 해.

샤갈의 그림은 색깔이 너무나 예쁘고 꿈속을 헤매는 듯한 그림 같아서, 한참 동안 보면서 상상의 날개를 펴곤 하지. 오늘 본 그림 중에 인상이 깊었던 것은 '이카루스의 추락'이라는 거야. 이카루스가 공중에 붕 뜬 상태에서 고개를 아래쪽으로 하면서 떨어지고 있는데 한쪽은 빨간색으로 그려져 있어. 아마 그쪽이 태양 쪽이겠지.

이카루스는 아버지 다이달로스와 함께 미궁에 갇히게 되는데 다이달로스가 미궁을 탈출하기 위해 밀랍으로 깃털을 이어붙인 날개를 만들어 아들인 이카루스와 함께 공중으로 날아올라 탈출을 하게 되지.

아버지인 다이달로스는 아들인 이카루스에게 너무 높이 날아올라 태양에 가까이 가면 밀랍이 녹으니 조심하라고 말하지만 이카루스는 아버지의 충고를 잊은 채 한없이 태양에 가까이 가다가 밀랍으로 만들어진 날개가 녹아 추락하게 되고 말지.

이카루스는 왜 아버지의 말에도 불구하고 태양에 가까이 가려고 했었던 것일까? 내가 생각하기에는 이카루스는 젊기에 자신의 욕망이나 꿈을 좇아 무한정 달려갔던 것이 아닐까 싶어. 이카루스가 강렬한 태양을 본 순간 마치 자신이 도달해야 할 목표라 생각하고 정신없이 날아갔던 것이 아닐까? 이카루스의 도전 정신은 어쩌면 커다란 용기가 있어야 가능할지도 몰라. 그 용기는 칭찬 받아야 마땅할거야.

하지만 이카루스는 자신의 욕망을 절제했어야 했는데 그것을 못했고, 어느 정도에서 멈추어야 하는데 멈추지 못하는 바람에 자신의 날개마저 잃어버리고 추락한 것이 아닐까 싶어.

이카루스의 추락은 우리의 삶과 비슷한 것이 아닐까? 젊었을 때 우리는 잘 아는 것도 없이, 깊게 생각하지도 않은 채, 어떤 것이 옳은 것인지도 모르고, 욕망과 목표를 위해 무조건 앞으로 달려만 갔었지. 하지만 그것이 헛된 것인지도 모르고, 욕심만 부리다가 절제를 하지 못해 결국 많은 실패를 하게 되고, 절망에 빠지기도 하며, 커다란 상처도 받게 되지. 그러한 욕망을 절제했어야 했는데, 왜 그러지 못했던 것일까?

친구야,

너는 그런 경험이 있는지 모르겠지만, 솔직히 나도 이카루스처럼 추락한 적도 많이 있어. 그 추락은 바로 나의 헛된 욕망에서 비롯되었고, 그것이 헛된 것인지도 모른 채 열심히 살아가기만 했고, 어느 정도에서 멈추어야 하는데 멈추지도 못했지. 결국 추락은 짜여진 각본처럼 일어날 수밖에 없었던 것이 아닐까 싶어.

우리 이제는 더 이상 이러한 추락을 경험하지는 말자. 이제 나이도 어느 정도 되었고, 우리에게 남겨진 시간이 얼마인지도 모르니까.

너를 만날 수 있다면 다음에 샤갈이나 고흐 전시회에 같이 가면 좋을 것 같아. 아니면 네가 좋아하는 다른 화가가 있다면 그 전시회에 가도 좋고. 언젠가 우리에게도 그런 좋은 추억을 만들 수 있는 날이 올 수 있겠지?

32. 회복

친구야,

너는 어떤지 모르겠지만 나 같은 경우 어릴 때 몸이 아프면 낫는데 며칠씩 걸렸던 것 같아. 심할 경우 밤에 잠도 이루지 못한 채 열로 인해 커다란 고통을 겪었던 것이 아직도 기억에 생생하게 남아 있어.

몸만 그런 것이 아니라 나의 내면도 마찬가지라는 생각이 들어. 누군가로 인해 마음에 상처를 받거나, 어떤 일로 인해 가슴 아픈 일이 생기면 그것을 이겨내는 데 있어서 너무 오랜 시간이 걸린다는 느낌이 들어. 그 아픔을 끌어안고 계속 생각하게 되고, 그로 인해 다른 일도 손에 잡히지 않아서 일상이 아주 엉망이 되곤 해.

하지만 주위의 어떤 사람을 보면 상당히 속상한 일인데도 불구하고 오뚝이처럼 금방 일어나서 예전처럼 생활하는 모습을 보면 너무나 신기해. 물론 그 사람은 나름대로 다 아프고 나서 치유가 되어 다시 일상생활로 돌아왔겠지만 내가 생각했던 것보다 훨씬 빨리 전의 모습으로 되는 것을 보면 나에게는 사실 너무 놀라워.

나는 왜 내면의 상처가 치유되는 데 있어서 시간이 오래 걸리는 걸까? 그러한 상처로부터 빨리 회복이 된다면 얼마나 좋을까? 고

무공이 바닥에 잘 튕겨 나가듯, 나도 내면의 상처에 있어서 회복의 탄력성이 크다면 얼마나 좋을까?

그런데 가만히 생각해 보니 공이 모두 다 바닥에서 잘 튀어 오르는 것 같지는 않아. 테니스공 같은 공이야 잘 튀지만, 쇠 같은 것으로 만들어진 투포환 공은 잘 튀지 않잖아. 아마 공의 재질 때문이 아닐까 싶어. 그리고 보면 사람들이 상처로부터 회복되는 데 있어서 모두 다른 것 같아. 어떤 사람은 금방 회복이 되는 반면에, 어떤 사람은 시간이 오래 걸리거든. 아마 나 같은 경우는 시간이 상당히 오래 걸리는 축이 아닐까 싶어.

어떻게 하면 나도 아픔이나 상처에서 회복하는 데 있어 오래 걸리지 않을 수 있을까? 어떤 좋은 방법은 없는 것일까? 아마 여러 가지 방법은 많을 거야. 내가 잘 몰라서 그런 것이겠지.

나도 이제부터는 다른 사람이나 일로부터 받은 아픔과 상처를 빨리 치유하는 방법을 배워야겠다는 생각을 했어. 아파서 누워 있는 시간도 어떻게 보면 나에게는 한 번밖에 주어지지 않는 소중한 시간이잖아. 이제부터라도 나만의 회복을 잘 할 수 있는 방법에 관해 연구하기로 했어. 저번에 마음이 너무 아파서 기차를 타고 여수에 갔다 온 적이 있어. 바닷가에서 맛있는 것도 먹고, 바다를 바라보며 산책도 하고, 해안가에 서서 밤하늘의 별도 바라보고 하니깐 기분이 많이 좋아지더라.

기차를 타고 하루만 다녀왔는데도 우울하고 무거웠던 마음이 많이 사라져 버렸지. 이것 말고도 회복을 빨리 하는 데 있어서 더 좋은 방법도 많을 거라는 생각이 들어.

　이제부터라도 내가 상처나 아픔을 겪게 되면 하루라도 빨리 회복하기 위해 스스로 노력할 생각이야. 그 누구도 나의 아픔을 대신해 주지는 않으니까. 나의 상처를 치유할 수 있는 것은 오직 나밖에 없다는 생각이 들어. 요즘 사실 가슴 아픈 일이 하나 생겼는데 어떻게 이 일을 헤쳐 나가야 할지 많은 고민이 돼. 하지만 이제 회복을 빨리하는 방법을 생각하고 있으니까 예전처럼 그리 오래 걸리지는 않을 거야.

　친구야,

　나를 멀리서나마 응원해주렴. 네가 예전에 내가 힘들었을 때 기운 내라고 용기를 주었던 것처럼, 이번에도 응원해준다면 조금이라도 더 빨리 그 아픔에서 회복할 수 있을 것 같아. 이제 봄이 오고 있는 소리가 들리네. 따뜻한 봄을 회복된 마음으로 맞이했으면 좋겠어. 다음에는 좋은 소식을 전하도록 할게.

33. 자클린의 눈물

친구야,

방금 전 오펜바흐 '자클린의 눈물'이라는 음악을 듣다가 네 생각이 나서 편지를 쓰고 있어. 이 음악을 연주한 사람은 많겠지만, 나는 쟈크린느 뒤 프레의 연주가 가장 마음에 와 닿는 것 같아.

쟈크린느 뒤 프레는 영국이 낳은 세계적인 여성 첼리스트였어. 어릴 때부터 워낙 뛰어난 재능이 있어 일찍이 수많은 관심을 받으며 이른 나이에 50여 편이 넘는 음반을 발매하기도 했지.

당시 세계적인 피아니스트 겸 지휘자였던 다니엘 바렌보임과 결혼을 했지만, 그녀 나이 25세에 커다란 불행이 찾아오게 돼. 그녀의 신경계에 불치의 질병이 생기면서 음악 활동을 할 수 없게 되어 결국 28세에 은퇴를 할 수밖에 없게 되지.

거기에 더불어 남편인 바렌보임으로부터 버림을 받아. 병상에 있던 10여 년 동안 바렌보임은 그녀를 한 번도 찾아가지 않았다고 해.

젊은 시절 세계에서 가장 촉망받던 음악가였지만 10여 년의 병상 생활을 하다 42세 젊은 나이에 그녀는 불행한 삶을 마감하고 말지.

사실 이 음악은 자크 오페바하의 미발표 유작이었는데 이를 발견한 토마스 베르너가 쟈크린느 뒤 프레에게 헌정한 곡이야.

　이 음악의 슬픔의 깊이는 쟈크린느 뒤 프레 그녀의 불행에 비례하는 것 같다는 생각이 들어. 계속해서 뒤 프레의 연주를 듣게 되는 이유를 나도 잘 모르겠어. 내 마음의 상처가 아직 아물지 않았기 때문일까? 밤은 깊어가는 데 잠도 오지 않고, 너에게 편지를 다 쓰고 나서 이 음악을 계속 들어야겠다. 건강하게 잘 지내렴.

34. 사랑은 아픔만 남기고

친구야,

주말이라서 영화 한 편을 보았어. 1997년에 개봉된 〈잉글리시 페이션트 (English patient)〉라는 영화인데 이제서야 보게 되었네.

이 영화는 마이클 온다치의 동명 소설을 영화화한 작품이야. 이 소설은 황금 맨부커상을 수상하였는데, 황금 맨부커상은 지난 50년의 맨부커상 수상작 중에서 독자들에 의해 최고의 소설로 뽑힌 작품에 주어지는 상이지.

이 영화에는 여러 가지 사랑이 나와. 하지만 그 모든 사랑은 완벽하지 않았고 모두 불행으로 끝나지. 영화에서 나오는 사랑은 마치 영화의 배경에 나오는 사막이나 바람에 날리는 모래와 같았어.

이 영화는 배경은 제2차 대전 당시 아프리카 사막 한복판이야. 영화에서 지리학자로 나오는 알마시는 캐서린에게 운명적인 사랑을 느껴. 캐서린 또한 알마시를 열정적으로 사랑하지만, 그녀에게는 이미 결혼한 남편 제프리가 있었어. 캐서린과 제프린은 어릴 적부터 같은 동네에서 자란 친구 같은 부부였지. 그들은 사이좋고 아무런 문제가 없었던 부부였지만, 캐서린은 알마시 대한 감정으로 운명적인 사랑의 길을 걷게 돼. 하지만 알마시와 캐서린은 서로 열정적인 사랑을 할 수는 있지만, 더 이상의 관계로 진전될 수가 없었어. 캐서린에게 제프리는 너무나 자상하고 좋은 남편이었고, 어릴 적부터 같이 지내온 제프리를 캐서린을 버릴 수가 없었지.

캐서린을 온전하게 소유할 수 없음을 깨달은 알마시는 스스로 캐서린과 결별하지만, 그러한 과정에서 제프리는 캐서린과 알마시의 관계를 알게 돼. 제프리는 알마시와 캐서린에 대한 분노로 그들에게 아픔을 주려고 하지만, 아프리카 사막에서 불의의 사고로 제프리는 죽게 되고, 캐서린은 중상을 입게 되지. 캐서린과 제프리의 친구와 같았던 사랑은 그렇게 끝이 나고 말아.

알마시는 중상을 입은 캐서린을 구하기 위해 그녀를 사막의 동굴에 홀로 남겨둔 채, 며칠에 걸쳐 사막을 건너 영국군에게 도움을 요청하지만, 영국군은 알마시를 독일 스파이로 오인하여 체포하고 이송하게 돼. 알마시는 이송 도중 탈출을 하여 캐서린에게 돌아가지만, 시간이 이미 너무 지나버리고 말았고, 캐서린은 홀로 알마시를 기다리다 세상을 떠나게 돼. 결국 불같은 캐서린과 알마시의 사랑도 그렇게 비극으로 종말을 고하고 말지. 죽은 캐서린의 시체를 가지고 돌아오던 중 알마시 또한 커다란 사고로 커다란 화상을 입게 되고 알마시는 사막 한복판에서 영국군 환자(English patient)로 분류되어 병원으로 이송돼.

알마시와 캐서린은 그들의 사랑이 윤리적이지 못하고 이루어지기 힘든 것을 몰랐던 것일까? 아니면 사랑의 힘이 너무나 크기에 그들은 알면서도 이를 거부하지 못했던 것일까? 캐서린과 제프리, 그리고 알마시에게는 왜 이런 불행한 비극이 일어나게 되었던 걸까?

중화상으로 얼굴의 형체마저 알아보기 힘든 알마시를 맡게 된 간호병 한나는 움직이지도 못하는 알마시를 지극정성으로 보살피게 된다. 한나역은 내가 좋아하는 줄리엣 비노쉬가 연기를 했어. 시간이 지나면서 한나는 자신의 환자인 알마시에 대해 애정을 느끼게 되지. 일종의 보호자로서의 느끼는 사랑이었어. 전쟁의 한 복판에서 한나는 알마시의 간호를 위해 일행과 헤어져 수도원에서 알마시를 간호하기로 결정해. 둘이 수도원에서 지내던 도중, 폭탄 제거반이 수도원에 머물게 되고 대원 중에는 폭탄 제거 전문가 인도 출신의 킵도 있었어. 수도원에서 같이 생활하면서 한나와 킵은 서로에게서 순수한 사랑을 느끼게 되고, 시간이 지나며 둘은 연인의 관계로 발전하지.

그러던 중 알마시의 죽음은 서서히 다가오게 되고, 이를 스스로 느끼게 된 알마시는 한나에게 고통으로 벗어나 편안한 죽음에 이를 수 있도록 부탁을 해. 알마시를 보살피며 그에게 애정을 느낀 한나, 죽음이라는 운명을 어찌할 수 없기에 한나는 눈물을 흘리며 과다한 모르핀을 주사하여 알마시에게 편안한 죽음을 맞이하게 해줘.

한나와 킵의 순수했던 사랑도 이루어질 수 없었어. 킵의 절친했던 친구가 폭발 사고로 죽자, 킵은 절망에 이르고 군에서는 킵의 전출 명령이 떨어지게 되지. 명령에 복종할 수밖에 없는 킵, 그를 떠나보내야만 하는 한나는 사랑의 아픔만 남긴 채 헤어질 수밖에 없었어.

캐서린과 제프리의 친구 같은 사랑은 열정적인 사랑에 의해 끝이 나게 되었고, 캐서린과 알마시의 뜨거운 사랑도 온전히 이루어지지 못했어. 한나의 알마시에 대한 보호자 같은 애정은 끝내 한나 스스로 알마시의 죽음으로 마무리되었고, 한나와 킵의 순수했던 사랑은 전쟁의 소용돌이에서 오래가지 못했어.

친구야,

이 영화를 보면서 사랑은 기쁨도 있을지 모르지만, 그만큼 슬픔도 있을 수밖에 없는 운명인지 모른다는 생각이 들었어.

35. 삶의 끝자락에서도

친구야,

오늘은 일요일이라 오후에 저번에 구입했던 〈바람이 숨결 될 때〉라는 책을 읽었어. 이 책은 스탠퍼드 대학 병원의 신경외과 의사였던 폴 칼라니티가 시한부 인생을 선고받고 그의 인생 마지막에 이르기까지의 이야기를 본인 스스로 남긴 글이야.

밝은 미래만 남아 있었던 그에게 갑자기 죽음이 눈앞에 다가왔을 때 그의 나이는 36살이었어. 가정을 이룬 지 얼마 되지도 않았고 이제 갓난아이 하나가 있는 상태였지. 믿기지 않는 현실에 좌절했지만 모든 것을 받아들였어. 그는 다시 의사의 가운을 입고 자신이 할 수 있는 한계 내에서 수술을 했어. 그리고 그에게 남아 있는 마지막 불꽃까지 태우다 결국은 38살의 나이에 사망하게 돼.

그가 시한부 인생을 선고받았을 때의 심정은 어땠을까? 그는 젊은 신경외과 의사로서 촉망받는 젊은이였어. 예일대학교 의과대학을 졸업하고 스탠퍼드 대학 병원에서 수련의 과정을 마치고 이제 전문의로서의 길을 시작하려던 참이었지. 갑자기 다가온 죽음에 그는 얼마나 큰 충격을 받았을까? 삶에 대해 부풀었던 희망이 하루아침에 절망으로 바뀌었을 때의 심정은 어땠을까? 죽음에 너무 익숙하지 않은 나이이기에 더욱 아팠을 거야.

그동안 그는 그 자신의 인생을 위해 얼마나 많은 노력을 해왔을까? 지난 모든 노력과 앞으로의 삶의 계획이 다 허사로 돌아가게 되는 상황을 감당해 내기가 얼마나 어려웠을까? 회복 불가능한 폐암 말기 선언은 그의 심장을 찢는 듯한 아픔을 주었을지도 몰라.

젊은 나이에 죽음을 받아들이기는 결코 쉽지 않았을 거야. 그는 삶에 대한 집착을 쉽게 놓을 수 있는 나이도 아니었어. 꿈꾸던 가정을 이제야 이루었는데 바로 태어난 자신의 자식에게 사랑 한번 듬뿍 주지도 못한 채 작별을 고해야 했어. 절망으로 스스로 무너지기가 훨씬 더 쉬웠을 거야. 하지만 그는 다시 다짐하지. 마지막까지 살아내기로.

그렇게 그는 그에게 주어진 마지막 짧은 기간을 최선의 모습으로 살아냈어. 그리고 갓 태어난 자신의 분신인 아이를 바라보며 이생에서의 삶을 마쳤어.

친구야,

어찌 보면 우리는 누구나 모두 시한부 인생을 살고 있다는 생각이 들어. 언제가 될지는 모르지만 모두 이생을 마감해야 할 시간은 누구에게나 분명히 주어져 있기 때문이지. 그날이 언제가 될지는 그 누구도 모를 거야. 삶은 살아 있다는 자체만으로도 감사해야 할 일이 아닐까 싶어. 우리는 오늘도 삶의 끝자락에 서 있는 것은 아닐까? 지나가는 봄이 너무나 아름답게 보이는 이유는 무엇 때문일까?

36. 꽃동네

친구야,

어제 자동차를 타고 운전하던 중 음성에 있는 꽃동네를 지나쳤어. 밖에서 봤는데 예전하고 똑같이 그곳에 있었어. 꽃동네를 보니 갑자기 대학교 때 그곳에 가서 봉사활동 했던 것이 생각이 나더라.

대학 3학년 때였던 것 같아. 학기 중에는 공부하느라 다른 것들을 거의 하지 못해서 방학 때 하고 싶은 것을 주로 하곤 했어. 서울에서 자취 생활을 했기 때문에 방학이 되면 집에 내려가 방학 내내 지냈지. 여름방학이었는데 꽃동네에 가서 며칠 봉사활동을 하고 싶었어. 집에서 그리 멀지 않은 곳이니까. 전화를 걸었더니 원하는 날짜를 물어보셔서 말씀을 드렸어. 그리고 그날 아침 6시 30분쯤 집을 출발해서 음성에 도착했지.

정문을 통해 꽃동네로 들어갔는데 그 규모가 정말 엄청나게 컸어. 노숙자들을 위한 복지 시설이라 조그마하고 허름할 줄만 알았는데 건물들도 상당히 크고 깨끗하게 지어져 있었어. 꽃동네 사무실이 정문 바로 근처에 있어 들어가 인사를 드렸지. 그날 자원봉사자 명단을 확인하시고 간단히 꽃동네에 대한 설명을 들었어.

오웅진 신부님이 처음 어떤 할아버지가 본인이 어려운데도 불구하고 부랑자들을 움막에 모아 돌보는 것을 보고, 함께 그 부랑인들을 돌보기 시작하면서 생긴 것이 꽃동네였어. 처음에는 몇 명 되지 않았는데 계속 인원이 늘어가 만평 정도의 땅을 사서 건물을 하나씩 지어가면서 수용인원을 늘려 당시 약 3,000명 정도의 어려운 사람들이 꽃동네에서 보살핌을 받고 있었어. 처음에는 부랑인들만 돌보다가 다른 어려운 사람들도 받아들이기 시작하여 가난하고 갈 데 없는 중증환자들, 정신질환자들, 알코올중독으로 힘든 사람들, 결핵 환자들 등 여러 가지의 아픔과 어려움을 가지고 있는 사람들을 다 수용하여 돌보고 있었어.

안내해 주시는 선생님이 오늘은 식사 준비하는데 도와주는 자원봉사 인원이 적으니 식당에 가서 하루종일 일하면 된다고 하시면서 같이 식당으로 안내해 주셨지. 식당에 가보니 취사장의 규모도 엄청나게 컸어. 취사장에는 열 명 남짓한 수녀님들이 계셨는데 그분들과 간단히 인사를 했어. 그중에 한 수녀님이 나한테 오셔서 온종일 같이 일을 하면 되니 자기만 따라다니라고 하셨어. 군대에서 일종의 사수 같은 역할 같은 것이었지. 그런데 그 수녀님은 말씀도 잘하시고 너무나 재미있는 분이셨어. 나는 사실 수녀님은 조용하고 재미도 없는 분들인 줄로만 알고 있었는데 전혀 그렇지가 않았어. 거기 계시는 수녀님들이 다 재미있고 활기차게 얘기도 많이 하시면서 즐겁게 일을 하시는 것 같았어.

수녀님이 일단 식당 청소를 하라고 하셔서 물수건을 가지고 다니면서 식당에 있는 식탁들을 반질반질하게 닦아나가기 시작했어. 한참 다 닦고 나니 한 시간 이상이 걸렸지. 수녀님한테 가서 다 했다고 얘기하니 따라오라고 하셔서 가보니 부식 창고였어. 점심 준비를 해야 해서 필요한 부식을 모두 취사장으로 날라야 했어. 수녀님이 문을 열고 창고로 들어갔는데 세상에 내 평생 그렇게 큰 부식창고는 정말 처음이었어. 진짜 어마어마했지. 산더미처럼 쌓여 있는 것을 보고 놀라는 내 모습에 수녀님은 웃으면서 재밌어하셨어. 쌀부터 필요한 부식을 하나씩 수녀님과 같이 날랐어. 남자인 나도 무거운 쌀 포대를 수녀님도 번쩍번쩍 들어서 나르더라구. 그러면서 이런저런 얘기를 했는데 너무 재밌었어. 지금 잘 기억은 안 나지만 정말 많은 얘기를 주고받았지. 수녀님은 나보다 한 10살 정도 많은 듯했는데 동안이었고 말하는 것을 보니 마음도 맑은 분이셨어. 얘기를 하는 도중에 미연이 누나가 생각이 났어. 미연이 누나는 사촌 누나인데 역시 수녀님이었지. 미연이 누나도 이런 일들을 하겠구나 하는 생각이 들었고 그래서 그런지 같이 일하는 수녀님께 잘해드리고 싶은 마음이 생겼어. 무거운 건 내가 들 테니 가벼운 것만 들라고 하면서 정말 즐거운 마음으로 부식들을 날랐어. 부식 나르는 데만 한 30~40분 정도 걸렸던 것 같아.

다 나르고 보니 정말 그 양이 어마어마했어. 이걸 다 한 끼에 먹는단 말인지 믿기지 않았지. 취사장에는 7~8명의 수녀님과 몇 명의 자원봉사자들이 있었어. 그분들은 요리를 담당하시는 분들이었어. 나도 요리를 도와드릴까 싶었는데 수녀님들이 부식 나르느라 힘들었을 테니 조금 쉬라고 하셨어. 점심 준비하는 모습은 정말 군대 저리 가라 할 정도로 기계적으로 빠른 속도로 진행되었어.

수녀님이 점심시간은 12시부터 시작이지만 11시부터 와서 많은 사람들이 그냥 기다리고 있을 거라고 했어. 저녁 시간도 마찬가지로 한 시간 일찍 와서 그냥 식당에서 기다린다고 했어. 다른 특별히 할 일들이 없어서 심심해서 그런다고 그러더라. 수녀님은 기다린다고 해서 빨리 줄 수도 없다고 하셨어. 그러면 다음엔 더 일찍 와서 기다리기 때문에 그냥 시간을 지켜 12시부터 배식을 해야 한다고 말씀하셨어. 나는 아무리 그래도 한 시간이나 일찍 와서 기다리고 있을까 하는 의구심이 들었는데 정말 11시가 되니 많은 사람이 식당에 와서 그냥 아무것도 안 하고 앉아서 한 시간을 그 자리에서 기다리다가 밥을 먹는 것이었어. 그때 오웅진 신부님이 예전에 하신 말씀이 생각났어. "얻어먹을 수 있는 것만 해도 축복입니다."라는 말씀이 이런 것을 보고 하는 말씀인 듯했어.

같이 일하고 있던 수녀님이 말씀을 해주셨는데 그래도 식당에 와서 밥을 먹는 것도 어찌 보면 행복한 거라고 식당에 오고 싶어도 몸이 너무 아파서 오지도 못하고 침대에 누워서 밥을 먹는 사람도 수백 명에 이른다고 하셨어. 그제야 나는 정말 오웅진 신부님의 말씀이 이해가 갔지.

수녀님이 나한테 배가 고프면 먼저 밥을 먹으라고 하셨어. 식사 시간이 끝나면 치워야 할 것도 많아 밥 먹을 시간이 없으니 얼른 먹고 좀 쉬고 있으라고 하셨어. 그래서 식판을 가지고 가서 밥하고 반찬, 국들 퍼서 같이 일하던 수녀님과 함께 밥을 먹었는데 일을 많이 해서 그런지 반찬이 두세 개밖에 없었지만 정말 맛있게 밥을 먹었지.

그리고 좀 쉬다가 식사 시간이 끝나 취사장에 가보니 치워야 할 그릇들이 산더미같이 쌓여 있었어. 수녀님들과 자원봉사자들 열 명 이상이 같이 일을 했는데도 그것 치우는 데만 한 시간 이상이 걸렸어. 다 치우고 나서 식당에 모두 같이 모여 잠깐 쉬면서 이런저런 얘기들을 했어. 만난 지 몇 시간이 되지도 않았지만, 왠지 모를 정 같은 것이 느껴졌어. 얘기하면서 세상엔 참 좋은 사람들이 많다는 것을 느꼈어. 자신의 삶보다 다른 사람을 먼저 생각하는 고운 사람들이 구석구석에 존재하고 있다는 사실을 알았어. 세상에는 보이지 않는 곳에 보이지 않은 손들이 많이 있는 것 같아. 주목받지 못하는 손이지만 그러한 손들이 진정한 가치 있는 손일 거야. 그래서 아직은 세상이 아름다운 것이 아닐까 싶어.

친구야,

지금 생각해 보면 나는 이제까지 나 자신만을 위해 살아온 것 같아. 문득 꽃동네에서 봉사하던 일이 생각이 나는 것은 이제 나도 다른 사람들을 위해 조그마한 무언가라도 해야 할 때가 돼서 그런 것이 아닐까 하는 생각이 들어. 더 늦기 전에 이제 바로 시작을 해야겠지. 세월은 기다려 주지 않기에.

37. 마음의 별

친구야,

너는 별을 좋아하는지 모르겠다. 나는 사실 별이 너무 좋아서 석사때 천체 물리학을 전공하기도 했어. 나는 사실 어렸을 때 밤하늘의 빛나는 별을 하염없이 바라보곤 했어. 저 별은 왜 이리 반짝이는 걸까? 저 별엔 도대체 무엇이 있는 것일까? 거기에 가볼 수는 없을까? 한없이 바라보던 밤하늘의 별은 어느덧 내 마음으로 빛줄기를 타고서 내려온 듯 싶었지. 그 후로 나는 내 마음의 별을 찾아 이제까지 달려온 것 같아.

나는 왜 그리 별을 좋아했던 것일까? 별은 시간이 많이 흘러도 변하지 않아. 어떤 조건이나 이익에 연연하지 않고 항상 그 자리에서 어둠을 밝히고 있지. 오늘이나 내일이나 변함없이 자신을 태워 빛을 만들어 내지. 변함이 없기에 믿을 수 있고 믿을 수 있기에 좋아할 수 밖에 없었던 것 같아. 저녁을 먹고 밤하늘을 바라보는 이유는 항상 그 자리에 별이 존재한다는 믿음 때문이었어.

변하지 않는 내 마음의 별은 어디에 있는 것일까? 별은 운명이 아닐까 싶어. 운명은 거스를 수 없어. 내가 있는 시공간에 같이 존재해야 하지. 가장 빛나는 별일지라도 시공간이 일치하지 않는 이상 나의 별은 아니야. 그러기에 운명이라고 생각해. 만날 수 있기에 만나는 것이고 만날수 없기에 못 만나는 것이지.

그러한 운명은 나를 빛나게 하는 게 아닐까? 그로 인해 나는 행복하며 그러기에 기쁨의 원천이라는 생각이 들어. 나의 운명의 별은 어디에 존재하고 있을까?

내 마음의 별은 나를 바꿀수 있을 거야. 별을 바라봄은 어쩌면 동경이요 꿈이라고 생각해. 나의 꿈은 나를 변화시키기 마련이지. 나의 이상향이기에 거기에 도달하기 위해 나는 나를 바꾸어 나갈 수밖에 없고. 지금의 모습으로 불가능하기에 더 나은 모습이 되기 위해 내가 나를 바꾸어 나가야겠지. 내 마음의 별은 그러한 능력이 충분할 거라고 생각해.

나를 바꿀 수 있는 그 별은 그 어딘가에는 있을 거야.나는 나의 별을 위해 모든 것을 하려고 해. 나의 가진 것을 다 주어도 아깝지 않고 나의 생명 다할 때까지 그 별을 위해 모든 것을 바칠 생각이야. 나의 별을 위해 무언가를 할 때 나는 지치지 않고 힘들지 않을 거야. 그것이 나의 존재 이유가 되기 때문이지. 나의 별을 위해서는 어떤 장애물이나 역경이 와도 두렵거나 무섭지 않을 것 같아. 알 수 없는 나의 내면의 힘이 극대화 되어 나의 별을 지키기에 모든 힘을 쏟을 수 있을 거야.

친구야,

오늘도 나는 밤하늘의 별을 바라보고 있어. 밤하늘의 별이 변함없이 반짝이듯 내 마음의 별도 영원히 빛날 거라고 믿어.

38. 어머니의 수술

친구야,

생사는 종이 한 장 차이가 아닐까 싶어. 삶과 죽음은 그리 멀리 떨어져 있는 게 아닌 것 같아. 어쩌면 우리는 이생에서 잠시만 머무르다 가는 것일지도 몰라. 나의 의지로 온 이 세상은 아니지만 머무르고 있는 동안은 힘들지 않게 있다 갈 수는 없는 것일까? 많은 것을 바라지도 않고 평범하게 살아가고자 할지라도 우리의 운명은 그렇지만은 않다는 생각이야. 우리 부모님의 세대는 역사의 선상에서 너무 많은 일을 운명적으로 겪을 수밖에 없었어. 일제시대에 태어나 아무런 죄도 없이 국가도 없는 식민지 생활을 해야 했고 해방의 기쁨도 잠시였을 뿐 같은 민족끼리의 전쟁으로 그 어려움을 겪었어. 전쟁 후에는 아무것도 없는 폐허 속에서 끼니 걱정으로 하루하루를 버틸 수밖에 없었고 독재 치하에서 그 많은 시간을 버티면서 오늘의 발전까지 이루어냈지. 이유 여하를 막론하고 나는 우리 부모님 세대를 존경해. 이제까지 살아오면서 내가 어떤 일을 해도 나를 끝까지 믿어준 사람은 부모님밖에 없었어.

믿음은 소망이 아닐까? 나 자신을 돌아보면 나는 좋은 점보다 나쁜 점이 더 많은 사람이야. 그럼에도 불구하고 나에 대한 소망이 있으셨기에 나를 끝까지 믿으셨어. 그 믿음은 이제 나의 마음에 굳게 새겨져 있어 어떤 일이 있어도 흔들리지 않게 되었어.

오전 7시 수술실로 들어가시는 어머니의 모습을 보면서 나는 실로 담담했어. 수술이 잘 되어 다시 건강한 모습으로 내 옆에 다시 계실 거라 굳게 믿었기에 어떤 마음의 동요도 없었어. 집도는 외과 과장님이 직접 하셨어. 대장암 분야에서 우리나라 명의로 선정되신 분이야. 수술실로 들어가신 후 나는 평상시처럼 씻고 아침을 먹고 수술실 앞에 앉아 책을 읽었어. 내가 할 수 있는 것은 다했던 것 같아. 나는 그냥 기다리기로만 했어. 더 이상은 나의 영역이 아니니까. 이제는 믿고 맡길 수밖에 없었어.

어머니가 수술하는 동안 이상하리만치 마음이 평안했어. 걱정이 되지도 않았고 마음을 졸이거나 하지도 않았어. 아무 생각 없이 그 자리에 앉아 책만 읽어 나갔어.

그렇게 시간이 흘러 12시 30분 정도가 되었어. 수술실 문이 열리고 인공호흡기에 의지해 침대에 누우신 채로 어머니께서 나오셨어. 어머니의 모습을 보며 손을 꼭 잡아드렸어. 그렇게 어머니는 다시 내 곁으로 오셨지.

삶은 많은 것을 동반하는 것 같아. 어려움이나 힘든 것이 없는 인생은 없어. 우리의 인생은 어려운 게 당연하다는 생각이 들어. 힘들게 살아갈 수밖에 없지. 그냥 받아들일 수밖에 없다고 생각해.

이제는 얘기할 수 있을 것 같아. 불행은 한꺼번에 온다는 말이 있었던가? 작년부터 시작된 아버지의 전립선암 수술, 아버지의 뇌출혈, 그리고 올해 어머니의 대장암 수술까지. 세 개의 커다란 태풍이 예고도 없이 연이어 불어 닥쳤어. 비를 피하기 위해 우산을 펴고 싶어도 바람이 세서 펼 수가 없었어. 그냥 그 거센 바람과 비를 온몸으로 맞을 수밖에 없었어. 내가 할 수 있는 일은 별로 없었지만, 이제까지 나를 믿어주셨던 그 마음을 모아 흔들리지 않고 내 자리를 지켰어.

하마터면 아버지와 어머니 두 분을 한꺼번에 잃을 뻔했어. 하지만 두 분 모두 사셨어. 그냥 두 분이 내 옆에 계신 것만으로도 충분해. 더 이상 바라지도 않아. 나는 그것으로 족해.

39. 기적

친구야,

수술을 할 수 없음은 마지막 희망이 없다는 건지도 몰라. 84세 되신 아버지의 뇌수술을 할 수는 없었어. 담당 의사 선생님도 아버지 연세 때문에 수술을 전혀 권하지 않았어. MRI를 다 찍고 나서 결과를 의사 선생님과 함께 보았을 때 알 수 없는 검은 그림자 같은 것을 느꼈어. 몇 달이 지난 지금에 와서야 얘기할 수 있지만, 당시엔 사실 나도 크게 절망했어. 아니길 바랐지만, 그것이 현실로 다가왔을 때의 느낌은 겪어보지 않은 사람은 모를 거야. 하지만 나는 자식이야. 가만히 있을 수 없었어. 의사 선생님과 20분 정도를 상의한 것 같아. 결과가 어떻게 될지 모르지만, 그 상황에서 할 수 있는 것은 다 해야 했어.

뇌출혈로 인해 입 주위의 근육이 전부 마비되어 물을 먹여 드려도 물을 삼키기는커녕 입 주위로 전부 흘러내렸어. 방 옆에 있는 화장실도 혼자 가실 수 없어서 부축해서 가야 했어. 나는 아무 생각을 하지 않기로 했어. 생각이 마음을 복잡하게 만들고 나를 힘들게 할 것 같아 아예 생각하는 것을 스스로 차단했지. 힘들지만 그럴 수 있었어. 그냥 그 순간순간을 살아내기만 하는 것으로 마

음을 먹었어. 죽을 쑤어 입에 넣어 드려도 삼킬 수 없으니 아무것
도 드시지 못했어. 혹시나 몰라 한의원에 매일 모시고 가서 침을
맞았지. 병원에서 처방해 준 알약을 삼킬 수가 없으니 갈아서 조
금씩 입에 넣어 드렸어. 반 정도는 다시 입 밖으로 나와 버렸지만
그래도 계속 입안으로 밀어 넣었어. 약봉지를 들고 다시 약국으
로 가서 최대한 작은 분말 가루로 갈아 달라고 했어. 그것을 집으
로 가져와 물에 타서 한 숟갈씩 먹여 드렸어.

 사실 희망이 보이지 않았던 것이 솔직한 고백이야. 내 마음 한
구석에서는 아버지의 마지막을 준비해야 할지도 모른다는 생각
도 들었어. 하지만 그 생각을 의식적으로 끊었어. 그렇게 일주일
정도 지났을 때 아버지의 혀가 조금씩 움직이는 것을 느꼈어. 그
리고 물이 목을 타고 조금씩 내려가는 것을 알 수 있었지. 변화가
생기고 있다는 것을 느끼며 어디선가 희망의 빛이 조그마한 틈새
로 들어오는 것 같았어. 어둠의 그림자가 밝은 빛으로 물러갈 것
같다는 생각이 나도 모르게 들었어.

 2주 정도가 지나면서 아버지의 얼굴 근육이 서서히 풀렸어. 물
을 먹여 드렸을 때 삼키기 시작하는 것이었어. 약이 입 밖으로 도
로 나오지 않았어. 혀 근육이 풀려서 말씀을 하시기 시작했어. 어
떤 발음은 알아들을 수 없었지만, 의사소통엔 문제가 없었지. 죽
을 드실 때 아직 많이 흘리기는 하셨지만 그래도 목 안으로 넘겨
삼킬 수 있었어. 그렇게 한 달 정도가 지나면서 얼굴 근육이 거의
정상으로 돌아오고 있었어. 물은 전혀 흘리지 않았고 약도 전부

다 삼킬 수 있었지.

물리학을 오랫동안 공부한 나는 가장 객관적인 것만 믿어. 정확한 계산으로 증명되고 수많은 실험의 반복으로 확인된 것만 의심하지 않지. 알게 모르게 그러한 것이 무의식적으로 내 안에 잠재해 있는 것 같아. 나는 언론의 말은 전혀 믿지 않을뿐더러 아예 참고조차 하지 않는 성격이야. 신문에 나오는 사설이나 칼럼 같은 것을 읽기는 하지만 아예 소설이라 생각하지.

솔직히 말해 나는 기적을 믿지 않았어. 확률도 오차 범위 안에서만 받아들일 뿐 더 이상의 의미는 없다고 생각했어. 하지만 아버지의 지난 몇 개월의 모습을 보며 나도 모르게 작은 기적을 느꼈어. 과학자인 내가 도저히 이해할 수 없고 알 수 없는 어떤 무언가를 느꼈어. 아버지가 회복되지 않으셨다면 느낄 수 없었을 거야. 아버지는 이제 거의 예전의 모습으로 돌아오셨어. 내가 생각해도 신기하고 이상해. 그리고 너무 감사하고. 같이 식탁에 앉아 밥을 먹을 수 있다는 것이. 그리고 이제 나는 알아. 기적이 있다는 것을.

40. 먼 곳을 향하여

친구야,

내가 앞으로 가야 할 길은 얼마나 남아 있을까? 생각해 보면 그 동안 아무것도 모른 채 배웠고 아무것도 모른 채 살아왔던 것 같 아. 이제는 남아 있는 시간이나마 무언가를 알고서 가고 싶어. 더 이상 뿌연 안개 속에서 이리저리 헤매며 나의 길을 가고 싶지 않 아. 더 이상의 후회되는 시간을 보내지 않기 위해서라도 그래야 할 것 같아.

아직까지 가야 할 길은 남아 있어. 그리고 그 길이 아직 먼 길이 길 바래. 나의 앞에 놓인 아직 가지 않은 길을 보다 더 의미 있고 행복하며 즐겁게 가기 위해서는 나의 마음부터 새로워져야 할 것 같아. 나의 과거의 모습을 바라볼 때 너무나도 문제점이 많았어. 그것을 되풀이하고 싶지는 않아.

이제는 과거의 나를 모두 떨쳐버리고 보다 새로운 나를 만들어 가며 한층 성숙한 모습으로 나머지 길을 가야만 할 거야. 시간이 얼마나 남아 있는지 전혀 알 수 없기에 그 시간을 아껴가며 하루 하루를 살아가야만 한다는 생각이 들어. 필요 없는 일이나, 나하 고 상관없는 일, 중요하지 않은 일들은 과감하게 다 잘라낼 생각이야.

앞으로 가야 할 길에서 가장 중요한 것은 올곧은 나의 마음이 아닐까? 모든 것이 나의 마음에서 비롯되니까. 나의 나됨은 나의 마음에서 나온다고 생각해. 내 마음은 내가 만들어 갈 수 있을 거야. 내가 나를 바로 보고 나 자신을 정확하게 인지함으로 나 자신을 조절할 수 있을 때 그 먼 길을 가는 데 있어 후회 없는 시간으로 채워갈 수 있을 것 같아.

갑자기 타고르는 그의 시 〈열매 줍기〉가 생각이 난다.

〈열매 줍기〉

위험을 피하게 해달라고 기도하는 대신
두려워하지 않게 해달라고 기도하게 하소서

고통이 사라지게 해달라는 대신
그 고통을 이길 강인한 마음을 갖게 해달라고 기도하게 하소서

삶의 전장에서 함께 싸울 동지를 찾는 대신
나 자신이 힘을 지니게 해달라고 기도하게 하소서

불안한 마음으로 구원을 갈구하는 대신
내 힘으로 자유를 쟁취할 인내심을 갖게 하소서

오직 성공에서만 당신의 자비를 느끼는 겁쟁이가 되는 대신
실패에서도 당신의 손길을 느낄 수 있는 사람이 되게 하소서

　나의 앞길에 어떤 일들이 일어날지 하나도 알 수가 없어. 5년 후,
10년 후 나 자신과 내 주위가 어떤 모습으로 변해 있을지 짐작조
차 할 수가 없어. 하지만 분명한 것은 오직 나의 힘으로 그 길을
가야 한다고 생각해. 그 어떤 누구도 의지하지 않고 그 어떤 도움
도 바라지 않을 생각이야. 나는 이제 위험도 두렵지 않고 고통도
겁나지 않아. 내가 겪을 수 있는 고통의 나락까지 경험해 봤기에
고통은 이제 일상이거든.
중용에 있는 말이 생각이 나.

君子之道,
辟如行遠必自邇,
辟如登高必自卑.

군자의 도는 비유하면 먼데 가는 것은
반드시 가까운 데부터 시작하며,
높은데 오르는 것은 반드시
낮은 데부터 시작한다.

제일 가까운 곳과 제일 낮은 곳은 어디일까? 그건 바로 나 자신이 아닐까 싶어. 모든 것은 나로 말미암는다고 생각해. 따라서 제일 중요한 것은 내가 나를 알아야 한다는 것이 아닐까? 이제는 알 것 같아. 내가 누구인지를. 어쩌면 그 많은 일을 겪어왔던 것이 이를 위함인지도 몰라. 그 대가가 너무나 컸지만, 돌이킬 수도 없지. 다 나의 책임일 뿐이야.

나의 존재의 미미함이 그 먼 곳을 향하여 가는 길에 있어 나의 발걸음을 가볍게 해주리라 믿어. 나 자신이 무거우면 그 그곳에 다다를 수 없을 거야. 나 자신을 최대한 가볍게 하고 모든 짐을 내려놓고 그곳을 향하여 갈 생각이야.

그 먼 곳에 무엇이 있어서 가느냐고 묻는다면 나는 할 말이 없어. 나도 알 수가 없기 때문이야. 가보지 않은 곳에 무엇이 있는지 내가 어떻게 알겠어?

그 먼 곳까지 갔더니 아무것도 없으면 어떻게 할 것인지 묻는다면 역시 할 말이 없어. 지금도 아무것도 없으니 그곳에 아무것도 없어도 아무런 상관이 없어. 또한, 내가 그곳에 가려는 이유는 무엇을 취하고자 함이 아니기 때문이야.

하지만 그 먼 곳을 가야 할 이유는 충분해. 지금 이곳은 내가 있을 곳이 아니기 때문이지. 이곳에 안주한다면 더 이상의 나는 없어.

내가 누구인지는 알 수 있으나 나의 나됨은 아직 알 수가 없어. 그것을 모른 채 이곳에 있을 수는 없어. 그러기에 그 먼 곳을 향해 떠나는 것이지. 돌아오지는 않을 거야. 그럴 마음도 없어. 계속 가야만 한다면 계속 갈 거야. 갈 바를 모르고 떠나지만 걱정할 것 하나 없어. 이미 나는 거기에 익숙해.

먼 길을 가다 보면 거친 들판에서 자야 하고, 비바람을 피할 수도 없을 거야. 하지만 아무런 걱정도 되지 않아. 같이 갈 사람도 필요 없어. 나의 길은 오직 내가 가야 하니까. 당연히 힘들고 어려움이 많을 거야. 하지만 전혀 두렵거나 겁나지도 않아. 밤하늘에 반짝이는 나의 별이 나의 유일한 친구일 테지만 그것으로 충분해.

친구야,

나는 이제 그 먼 곳을 향하여 길을 나서려고 해. 네가 멀리서나마 지켜보고 응원해주면 좋겠다.

41. 원망을 버리고

친구야,

나에게 일어나는 일은 대부분 나로부터 비롯되는 것 같아. 행복도 나의 마음 먹기에 달린 것이고, 고통도 나로 인해 생기는 것이 아닐까 싶어. 나를 둘러싼 주위를 내가 어떻게 할 수는 없지만, 그로부터 받는 영향은 내가 조절해야 한다고 생각해. 주위의 영향을 받지 않고 올곧이 내가 바로 설 수 있을 때 비로소 자유를 얻을 수 있을 거야.

다른 사람이나 주위를 원망하는 것은 어찌 보면 내가 약하기 때문일지도 몰라. 이제 모든 원망을 다 떨쳐버리기로 했어. 왜냐하면 그러한 일들이 나로 인한 것이기 때문이지. 나에게 아픔이 오는 것도 내가 못나서 그런 거라는 생각이 들어. 이제 그런 것으로부터 자유로워야 할 때가 된 것 같아.

내가 지혜롭지 못했기에 주위를 원망했어. 내가 못났기에 나의 환경과 싸워 왔어. 이제 원망할 일도 싸워야 할 이유도 찾을 수 없어. 모든 것이 나로 비롯되었기 때문이지.

봄이 가는 길목에서 오랜만에 마음이 바쁘지 않은 오늘 갑자기 김수환 추기경의 시가 생각났어. 나는 천주교인은 아니지만, 김수환 추기경이 살아계실 당시 명동 성당에 자주 갔었어. 지하철 4호선을 타고 명동역에서 내려 천천히 길을 걸으며 명동 성당에 올라가곤 했지.
김수환 추기경의 시 〈남은 세월이 얼마나 된다고〉가 생각이 나네.

가슴 아파하지 말고
나누며 살다 가자

버리고 비우면
또 채워지는 것이 있으리니
나누며 살다 가자

누구를 미워도
누구를 원망도 하지 말자

많이 가졌다고 행복한 것도,
적게 가졌다고 불행한 것도 아닌 세상살이

재물 부자이면 걱정이 한 짐이요
마음 부자이면 행복이 한 짐인 것을
죽을 때 가지고 가는 것은

마음 닦는 것과 복 지은 것뿐이라오.

　내가 가슴이 아팠던 것은 내가 나누지 못했기 때문이라고 생각
해. 나의 마음이 그리 넉넉하지 않아 많은 것을 포용하지 못했지.
내가 생각해 온 것으로 나의 길을 달려만 왔기 때문이야. 그로 인
한 모든 것이 나의 책임이라는 생각이 들어. 따라서 나는 다른 것
을 원망할 자격도 없어. 이제 내 마음 깊은 곳에 숨어 있는 원망
까지 모두 털어 버릴 때가 왔어.

　누구를 미워하는 것도 나로 인함인 것 같아. 나의 마음이 아직
닦아지지 않아서지. 그로 인해 나 스스로 무거운 짐을 짊어지고
가고 있었던 것 같아. 이제 그 짐을 하나씩 내려놓고 가벼운 발걸
음으로 가려고 해.

　다툼도 내가 못났기 때문이라고 생각해. 내가 지혜로웠다면 그
리하지 않았을 거야. 원망을 했던 것은 다른 것이 못마땅해서 그
리했던 것인데, 그 기준이 나였기 때문이야. 나의 기준이 틀린 것
도 모르고 거기에 다른 것을 맞추려 했던 거지. 이제 원망해야 한
다면 나 자신만을 원망해야 할 거야.

　이제 원망을 다 버리고 감사하며 살아가고 싶어. 그게 쉬운 일
이 아니지만, 지금 내가 가지고 있는 것만으로도 충분히 감사할
수 있어. 어차피 아무것도 없이 떠나야 할 삶인데 더 많은 것을
가지려 노력해봤자 짐만 늘어날 뿐이야.

　나의 운명도 원망하지 않기로 했어. 그 운명을 그냥 다 받아들

이고 감사하려 해. 그것이 나의 존재의 원천일지도 모르기에 다 포용하려 해.

친구야,

봄이 가고 있어. 유난히 버거운 봄이었어. 원망을 버리기로 하니 무더운 여름도 봄처럼 지낼 수 있을 것 같아. 모든 것은 나의 마음에서 비롯되므로.

42. 어머니가 퇴원한 후

　친구야,

　부모란 무엇일까? 나에겐 부모님과 함께 할 시간이 얼마나 남아 있을까? 나는 이제껏 부모님을 위해 무엇을 해왔을까? 무엇을 위해 그 오랜 시간 객지 생활을 하며 부모님과 떨어져 살았을까? 그 누가 부모님만큼 나를 생각해 주는 사람이 있을까?

　작년 말부터 생각지도 못한 커다란 일들이 짧은 기간에 쓰나미처럼 덮쳐 왔어. 불행은 한꺼번에 온다는 말이 맞는 것 같아. 건강하셨던 부모님이 세월의 힘을 견디지 못했어. 아버지 전립선암 수술, 아버지 뇌경색, 그리고 어머니 대장암 수술, 지난 가을부터 시작된 풍파에 정신을 차릴 수 없었어.

　어머니가 퇴원하고 2주가 지났어. 그래도 최악의 경우는 넘기고 큰 고비도 무사히 지나간 것 같아. 어머니 수술 후 치료를 위해 병원을 다시 방문했어. 수술 전 예상은 대장 25cm 정도를 절제할 예정이었으나 수술 도중 생각보다 종양이 커서 40cm를 절제하고 이어 붙였다고 수술하신 선생님이 말씀해 주셨어. 직장암이었지만 다행히 항문은 살릴 수 있었어. 림프절 35개를 제거했는데 그중 6개가 양성판정이 나와 다음 주부터 6개월간 항암치료를 받기로 선생님과 상의했어. 연세가 80이라 좀 힘들겠지만, 치료를 잘 받아야 한다고 의사 선생님이 말씀해 주셨어. 나는 사실 집도한 의사 선생님을 믿었어. 그리고 걱정했던 인공항문이나, 장루도 하지 않게 된 것만으로도 얼마나 감사한지 몰라. 심적으로 의사 선생님이 너무 고마워서 뭐라도 해드리고 싶었어. 고민하다 드릴 것도 없어서 그냥 내가 쓴 수필집에 편지를 정성껏 써서 감사를 표시하고 드렸어.

사실 아버지 뇌경색 때문에 집에 아버지 혼자 내버려 두는 것이 마음에 걸려 집 근처에 있는 병원에서 수술을 하려고 했어. 마침 수술 전 친구가 큰 병원에 가서 수술을 하는 것이 더 낫지 않겠느냐는 조언을 해주었어. 그 말 한마디가 정말 큰 역할을 했어. 그 친구의 말이 없었더라면 아마 더는 생각 없이 그냥 집 근처에서 수술을 했을 거야. 그 친구의 말이 마음에 계속 남아 과감하게 큰 병원으로 가서 수술을 한 것이 지금 생각해 보면 너무 다행이었던 것 같아. 그 친구는 초등학교 때부터 허물없이 지냈고, 지금은 남편이 의사라서 의학에 대한 지식도 많이 있어 그런 조언을 해주었어. 남의 일이라 생각하지 않고 진심 어린 조언을 해준 그 친구가 정말 고마울 뿐이야.

이제 다음 주부터 어머니는 항암치료를 시작해야 해. 퇴원 후 많이 드시지를 못하셔서 체력이 약해지셨는데 항암치료 받기 전까지라도 좀 많이 드실 수 있게 해드려야겠어. 어머니는 강하시기 때문에 힘들겠지만, 치료를 받을 것으로 생각돼.

어머니가 체력이 회복되시고 치료도 어느 정도 받으시면 두 분을 모시고 며칠만이라도 제주도에 다녀올 생각이야. 내년에 두 분이 결혼하신 지 60년이 되시는데 그 기념을 조금 당겨 축하해 드리고 싶어.

　체력이 더 약해지시면 내년엔 아마 그것도 힘들 것 같아서야. 그리고 아마 두 분과 함께 비행기를 탈 수 있는 기회가 앞으로 그리 많지 않을 것 같아서 올해에 다녀와야겠다는 생각이 들어. 예전에 미국에서 공부할 때 두 분이 함께 다니러 몇 번 방문하셨어. 그때 비행기 타고 오시는 것을 무척이나 좋아하셨던 기억이 나. 제주도는 먹을 것도 많고 풍경도 좋으니 좋은 추억으로 남을 것 같아.

　만나면 헤어지는 것이 사람의 인연이지만, 부모님과는 정말 오랜 세월을 함께할 수는 없는 것일까? 주어진 시간이 너무 많지 않을 것 같아 마음이 그리 좋지 않아. 나는 지나온 시간을 어떻게 살아왔던 것일까? 나름 열심히 산다고 했지만, 의미 없었던 시간과 후회되는 시간으로만 가득한 것 같아 안타까울 뿐이야. 돌이킬 수 없는 순간들, 속상한 시간만 기억에 남을 뿐이야.

　친구야,

　이제 부모님과 함께 할 수 있는 시간이 얼마나 남아 있는지 나는 잘 몰라. 후회하지 않을 수는 없겠지만 나름대로 부모님을 위해 나의 시간을 바치고 싶어. 내 친구가 나에게 한 말이 있어. 그래도 아직 부모님이 살아 계신 것만이라도 행복한 것이라고. 그 친구의 부모님은 두 분 모두 30년 전에 돌아가셨어. 그 친구의 말이 맞다고 생각해. 나는 행복해. 왜냐고? 아직 두 분이 살아계시니까.

43. 나를 잊은 나

친구야,

나는 왜 그동안 나를 잊고 살았던 것일까? 지금 생각해 보면 나 자신을 많이 사랑하지 못했고 나 자신을 위해 살지 못했던 것 같아 나 자신에게 미안할 뿐이야. 사랑하면 아껴주어야 하는데 난 나 자신을 너무 아끼지 않았던 것 같아. 건강을 위해 전혀 신경 쓰지도 않았고 나 자신을 위해 돈 쓰는 것도 몰랐어. 음식도 제일 싼 것만 찾아서 먹었고, 옷이나 신발 같은 것도 거의 사지 않았을 뿐 아니라 가장 저렴한 것만 사서 입고 신었어. 일도 쉬엄쉬엄해도 되는 것을 무리하게 시간 쪼개가며 쉬지 않고 일하고 뛰어다녔어. 이제 예전의 나의 몸이 아니라는 것을 느껴. 체력도 근육도 내리막길에 들어섰기에 다시 올라가기에는 너무 늦은 것 같다는 생각이 들어.

그동안 나는 무엇을 위해 살아왔던 것일까? 사회에서 요구하는 표준적인 삶을 위해 나의 세계를 많이 잊고 살았던 것 같아. 나 자신을 잊고 나의 내면을 잊은 채 남들이 좋다고 생각하는 대략 그런 방향을 따라가느라 나를 돌아볼 틈이 없었어.

이제는 잊힌 나를 찾아 내 자신을 기억할 때라고 생각해. 어느 정도라도 나 자신을 사랑하고 나를 위해 조그만 것이라도 하고 싶어. 지나온 시간은 진정으로 나를 위한 삶이 별로 없었던 것 같아. 나를 위해 여행 한번 제대로 가본 적도 없고, 마음 놓고 무엇 하나 사 본 적도 없어. 그동안 주인공인 내가 없는 삶이었기에 그렇게 헤매며 살았는지도 몰라.

이제는 나도 나를 많이 사랑하고 싶어. 내 몸도 아끼고 나를 위해 조금만 사치라도 하고 싶어. 나의 행복을 위해 약간이라도 노력하고, 나의 즐거움과 기쁨을 위해 하고 싶은 것 하나라도 하려고 해. 누군가가 나를 욕하더라도 이제 상관없어. 나를 가장 사랑해야 하는 사람은 나라는 것을 확실히 알기 때문이야.

더 나은 나를 위해 더 아름다운 나의 내면의 세계를 위해 보다 많은 노력을 할 생각이야. 다른 것보다 내가 소중하다고 생각하는 것을 위해 애쓰려고 해. 지나온 시간이 의미가 없는 것은 아니지만, 앞으로의 시간은 더 커다란 의미가 될 수 있도록 나만의 노력을 해야겠어. 그것이 그동안 나를 잊고 살았던 나에게 조금이라도 보상을 해주는 것 같기 때문이야.

앞으로의 시간은 다른 사람도 생각하고 나도 생각하는 시간이 될 수 있도록 나름대로의 방법을 찾으려고 해. 이제 다가올 시간은 그래서 더욱 기대가 돼. 물론 앞으로의 시간에도 아픔과 어려움도 있겠지만 그것은 당연하다고 생각할 거야. 그동안의 경험이 더 커다란 어려움도 능히 이겨낼 수 있을 힘이 되어 주리라 굳게 믿어.

이제는 나를 잊지 말고 꼭 기억하며 하루하루를 지내려고 해. 내가 없어지면 이 세상이나 이 우주도 아무런 의미가 없지. 그러기에 내가 곧 우주고 우주가 곧 내가 아닐까?

44. 몸을 비빌 언덕이 하나라도 있다면

친구야,

가끔씩 여러 가지 일로 인해 힘에 부칠 때나 외로움을 느낄 때, 혹은 모든 것을 잊고 어디론가 떠나고 싶을 때가 있어. 하지만 어디로 가야 할지 막상 떠나려 한다면 막막하기도 하고. 그때 가장 생각나는 사람이 누구일까? 막상 집을 나서서 나의 발길이 닿는 곳은 어디일까? 아무 생각 없이 그냥 내가 갈 수 있는 곳이 한 군데라도 있다면 너무 마음이 편할 것 같아. 사람은 때때로 자신의 아픈 마음과 몸을 비빌 언덕 하나 정도는 있어야 하지 않을까?

장 자크 루소는 힘든 어린 시절을 보냈다고 해. 그의 어머니는 그를 낳다가 사망하였고, 그의 아버지는 그가 어렸을 때 집을 나가 돌아오지 않았어. 이로 인해 어린 루소는 외삼촌의 집에서 그리고 때로는 어떤 목사님 집에서 지내며 자랄 수밖에 없었지. 어린 시절 부모의 정을 모르고 자랐던 루소는 어디에 마음을 둘 곳이 없었어. 그는 좀 더 자라서는 세상을 이곳저곳 다니며 방랑의 생활을 하게 되지.

제네바에서 태어난 루소는 당시 칼뱅의 개신교를 믿고 있었는데 방랑 시절 그는 개신교에서 가톨릭교로 개종을 했어. 당시 개종한 이들은 가톨릭교회로부터 음식과 잠자리를 제공받을 수 있었기 때문이었지. 그런 가운데 루소가 만난 사람이 바로 바랑 부인이었어. 그녀는 루소가 더 이상 방랑하지 않고 현실에 정착할 수 있도록 도와주었지. 루소에게는 당시 바랑 부인이 자기 몸을 의탁할 수 있었던 언덕이었어. 바랑 부인은 책을 좋아했던 루소에게 공부할 수 있도록 힘써 주었고 이로 인해 루소의 학문의 길이 열리게 되지.

부유한 집안끼리의 정략결혼으로 인해 바랑 부인과 남편은 별거를 하게 되고, 바랑 부인과 루소는 13살 나이 차이에도 불구하고 나중에 연인 관계로 발전해. 바랑 부인을 사랑했던 루소였지만 여러 가지 일로 인해 루소와 바랑 부인은 헤어지게 되지. 루소는 바랑 부인을 떠나 방랑의 길로 다니다가 다시 바랑 부인에게 돌아오곤 했어. 여기에 대해서는 많은 이야기가 있긴 하지만 바랑 부인은 어쨌든 그렇게 10여 년 동안 루소를 후원해 주었어.

이후 루소는 프랑스 최고의 계몽사상가로 우뚝 서게 되지. 그는 인간은 출신에 상관없이 평등하다는 "인간 불평등기원론"을 비롯하여, 프랑스 대혁명의 가장 중요한 기초가 되는 "사회계약론", 그리고 교육론에 있어 중요한 저서인 "에밀"을 쓰게 되고. 루소라는 커다란 사상가가 나오게 된 것은 루소가 가장 힘들었을 시기에 바랑 부인의 도움이 어느 정도 큰 역할을 한 것은 분명한 것 같아.

우리는 누구나 살아가다 보면 생각지도 못한 일들로 인해 마음으로든 물질적으로든 의지할 곳이 필요할 때가 있어. 이때 진정한 마음으로 도와주며 내가 편안히 비빌 수 있는 언덕이 있다면 정말 커다란 힘이 될 것은 분명할 거야.

논어 태백편에 보면 "危邦不入 亂邦不居(위방불입 난방불거)"라는 말이 있어. 이는 "위험한 나라에는 들어가지 말고, 혼란스러운 곳에서 살지 말라"는 뜻이야. 내가 심적으로 의지할 수 있는 곳은 나를 안전하게 품어줄 수 있는 곳이라야 할 거야. 나의 힘든 마음을 터놓고 내려놓을 수 있는 곳, 잠시 쉬었다가 다시 시작할 수 있는 힘을 얻을 수 있는 곳이 하나라도 있다면 삶의 커다란 위로가 될 거야.

내가 힘들 때 나의 마음을 잠시 의지하고 쉴 수 있는 곳은 있는 것일까? 그곳은 어디이고, 나의 마음을 함께 나눌 수 있는 사람은 누구일까? 나에게는 부모님의 나의 유일한 언덕이 아니었다 싶어.

45. 울지마 톤즈

친구야,

혹시 이태석 신부를 아는지 모르겠네. 저번에 누가 이야기해 주길래 이태석 신부의 책을 하나 읽었어. 책을 다 읽고 났더니 나도 모르게 이태석 신부에 대한 동영상도 찾아보게 되었고, 점점 그분에 대한 존경심이 생기게 되었어.

1962년에 태어난 이태석 신부는 인제대학교 의과대학을 졸업하고 군의관으로 군 복무를 마친 후 1992년 다시 가톨릭 대학교 신학대학에 입학해. 1994년 첫 서원을 받았고, 2000년 종신서원을 하였고 그해 부제 서품을 받았어. 2001년 사제서품을 받고 그해 세계에서 가장 가난한 나라 중의 하나인 남수단 톤즈로 가게 돼. 톤즈는 수단에서도 가장 못사는 지역이었어.

오랫동안의 내전으로 모든 것은 폐허였고, 병원 하나 없어 수많은 사람이 말라리아와 콜레라로 죽어가는 곳이었지. 그는 톤즈에서 흙담과 짚풀로 지붕을 엮어 병원을 세웠어. 병원까지 오지 못하는 환자를 위해 직접 마을을 돌아다니면 환자를 치료했지. 특히 수백 명의 한센병 환자들을 모아 나병환자 동네를 만들어 그들의 치료에 힘을 쏟았어.

오염된 톤즈 강물을 마시는 주민들에게 콜레라는 멈출 줄 몰랐어. 이에 이태석 신부는 우물을 파서 식수난을 해결하여 콜레라를 줄여 나갔어. 하루 한 끼밖에 먹지 못하는 톤즈 주민들을 위해 직접 농경지를 일구기 시작했지. 글자도 못 읽는 이들을 위해 학교도 세워 직접 가르쳤어. 초등학교부터 시작해 중학교, 고등학교까지 세워나갔어.

톤즈 주민들을 위해 전쟁으로 상처받은 마음을 치유해 주기 위하여 브라스밴드도 조직하여 직접 악기도 가르쳤어. 그의 끝없는 희생으로 톤즈의 주민들은 희망을 발견했고 전쟁으로 인한 상처가 아물기 시작했지.

잠시 한국을 방문하러 왔던 2008년 10월 종합검진을 받았을 때 대장암 4기로 판정이 나왔어. 이미 간으로까지 전이된 상태였어. 항암 치료를 끝내고 양평에서 회복하려 노력하던 중 불행하게도 2010년 1월 48세의 나이로 세상을 떠났어. 완치하여 톤즈로 돌아가려던 그의 꿈은 그렇게 끝나버리고 말았어.

그 이후 남수단의 많은 청년들이 이태석 신부를 존경하여 한국으로 와서 공부를 하고 다시 남수단으로 돌아가 이태석 신부처럼 살아가려 노력하고 있어. 이태석 신부는 남수단의 주민들에게 밤하늘의 빛나는 별과 같은 존재였던 거야.

그가 마지막에 남긴 말은 "나는 행복하였습니다" 였어. 그는 사랑을 베풀 수 있었음에 행복했어. 평생을 가장 가난하고 아픈 사람들을 위해 살았기에 행복했던 거야.

친구야,

우리 주위엔 아직 아름다운 사람들이 많이 있는 것 같아. 자신보다 다른 이를 위하는 그런 이태석 신부님과 같은 분들이 이 세상 어디에나 존재하고 있어. 그런 아름다운 분들이 주는 희망의 등불은 언제나 빛나고 있을 것이 아닐까 싶어.

46. 할머니의 손과 어머니 손

친구야,

오늘 항암치료를 받으시는 어머니 손을 보니 마음이 너무 아팠어. 그리고 어머니 손을 보니 할머니 손 생각이 나더라.

초등학교도 들어가기 전 할머니께선 우리 집에 자주 오셨어. 한 번 오시면 누나 방에서 며칠이건 몇 주건 머무르다 가시곤 하셨지. 나는 할아버지를 한 번도 뵌 적이 없어. 내가 태어나기도 10년 전에 이미 돌아가셨기 때문이야.

우리 집안 남자들은 대부분 폐암으로 돌아가셨어. 많은 분이 60세 전후로 돌아가셨지. 어찌 보면 우리 집안은 장수 집안은 아니야. 아버지께서 지금까지 친가나 외가 통틀어 가장 고령인 남자로서 거의 20년을 유지하고 계셔. 나는 담배가 뭔지도 모르는 어릴 때부터 집안 어른들이 절대 담배 피지 말라는 소리를 귀에 못이 박히도록 들었어. 우리 집안 남자들은 다들 골초였기 때문이야. 아버지만이 유일하게 담배를 젊었을 때 완전히 끊으셨어. 담배하고 폐암하고 무슨 관계가 있는지는 모르지만 어쨌든 나는 태어나 담배를 피워 본 적이 없어. 군대에서도 보급 담배가 나오면, 바로 옆에 있는 동기나 고참들에게 15갑 모두를 다 나누어 주었지.

할머니가 오시면 아버지와 할머니 두 분이 겸상을 하시고 나머지 식구들은 한 상에서 같이 밥을 먹었어. 아침을 먹고 나면 모든 사람이 나갔고, 할머니와 어머니, 그리고 나만 남았지. 할머니는 심심해서 나를 데리고 동네 마실을 다니셨어. 할머니 손을 잡고 다니다 보면 할머니의 주름진 손을 그냥 나도 모르게 주무르곤 했어. 내가 할머니 손을 주무르면 그 주름살이 좀 펴질까 싶었던 거야. 할머니는 내가 할머니 손을 주무를 때마다 나를 보고 빙긋이 웃고 하셨어.

할머니는 1901년생이시니 온갖 풍상을 다 겪으셨어. 어릴 때 할머니하고 같이 다닐 때는 잘 몰랐지만 지금 생각해 보면 당신의 삶이 얼마나 파란만장했을까 싶어. 할아버지 사이에 12명을 낳으셨어. 아버지가 11번째야. 일본 강점기와 한국전쟁 그리고 4.19와 5.16 그 험한 세월을 살면서 어떻게 12명을 다 키워냈는지 나로서는 가늠이 되지 않아. 할머니는 내가 아는 아픔만 해도 너무 많아. 6.25 사변 때 막내 고모가 북한 인민군에 끌려갔어. 휴전이 되어서도 막내 고모는 끝내 돌아오지 못한 채 북한에 남아 있었어. 그리고 할머니가 돌아가시는 날까지 소식 한 장 없었지. 막내 고모 말고도 할머니가 돌아가시기 전까지 4명의 자식이 먼저 돌아가셨어. 자식을 먼저 보내는 그 고통을 4번이나 겪은 것이야.

할아버지는 환갑도 넘기지 못하고 돌아가셨기에 할머니는 25

년 가까이 홀로 사셨어. 지금 생각해 보면 너무 외롭지 않으셨을까 싶어. 할머니는 돌아가실 때까지 비녀를 머리에 꽂고 계셨어. 한 번도 머리를 자르지 않으셨는지 머리 감으실 때 보면 머리 길이가 어디까지인지 알 수가 없을 정도였어.

내가 중학교 2학년이 되었을 때 할머니가 갑자기 집에 오셨어. 연세는 많으셨지만, 아직 정정하셨지. 하룻밤을 주무시고 돌아가실 때 할머니의 손을 꼭 잡고 어릴 때 버릇처럼 주름살을 주무르면서 펴 드렸어. 주름살이 많아도 너무 많았던 기억이 나. 인사를 하고 가시는 뒷모습이 그날따라 왠지 마음이 짠했어. 아직까지도 할머니의 그 뒷모습이 기억이 남아. 그 모습이 내가 본 할머니의 마지막 모습이었어. 몇 주 후에 할머니는 돌아가셨어. 어떤 병환도 없으셨던 것 같은데, 주무시다가 돌아가셨다고 해. 우리를 마지막으로 보기 위해 그날 오셨던 것 같아.

지난번 고향에 있는 할아버지, 할머니 산소에 갔어. 고향에 가니 사촌인 미연이 누나와 태신이 형이 계셔서 함께 소주를 사서 할아버지, 할머니 산소에 뿌렸어. 너무 오랜만에 뵌 듯해서 죄송했어. 산소는 예쁘게 단정되어 있었지.

요즘 어머니 손과 발을 매일 정리해 드리고 있어. 항암치료로 인한 부작용으로 손과 발이 다 갈라지고 벗겨져서 잘라낼 것은 잘라내고 정리한 후 약을 발라 드리고 있어. 어머니의 손을 보니 할머니 손이 생각이 났어. 어머니 손에 주름도 어느새 이리 많아 졌는지 모르겠어. 속상하고 가슴이 아팠어. 그 마음을 누르고 어머니께 예쁜 애기 피부같이 될 거니까 걱정하지 말라고 했지. 할머니가 나에게 빙긋 웃으셨던 것처럼 어머니도 나에게 빙긋 웃으셨어.

내가 잡았던 할머니 손, 그리고 지금 잡고 있는 어머니 손은 주름이 잔뜩 많은 손이지만 그 손으로 지금의 내가 있다고 생각해. 매끄럽고 부드러운 하얀 피부의 손이 아닌 주름 가득한 손이지만, 그 두 손은 나의 마음에 영원히 남아 있을 것 같아.

47. 우암산

친구야,

어릴 적 내가 살던 동네는 너도 잘 아는 우암산 밑이었어. 당시는 행정구역상 수동이었는데 텔레비전 드라마 "제빵왕 김탁구"와 "카인과 아벨"을 찍었던 곳이기도 해. 드라마 찍은 장소는 수동에서도 수암골이라는 곳인데, 이 지역은 사실 예전엔 사람만 지나다닐 수 있는 아주 좁은 골목길에 집들이 옹기종기 붙어 있는 가난한 동네였어. 드라마에서 가난한 장소를 배경으로 찍기 위해 아직까지 개발이 안 된 채 예전 모습 그대로 보존되어 있는 곳을 찾다가 여기에서 촬영을 한 것 같아.

지금도 40~50년 전의 모습 그대로 남아 있어. 드라마 이후 유명해져서 많은 관광객의 방문으로 인해 시에서 벽화도 그려놓고 체험 마을 형태로 가꾸어서 지금도 사람들이 많이 방문하고 근처엔 카페들도 상당수 들어서 있어. 바로 산 밑이라 청주 시내가 다 보이거든. 예전에 가난한 동네는 산 바로 밑이었던 것 같아.

수암골 밑에는 예전에 육군병원이 있었다고 해. 내가 어릴 때는 병원이 다른 곳으로 이주해 본 기억은 없고, 이 병원으로 인해 6·25 때 피난민과 부상병들이 몰려 살게 되었다고 해.

우리 집은 수암골에서 오른쪽으로 좀 더 가서 용화사라는 절 너머 성공회 교회 바로 밑이었어. 어릴 때 주말이면 아버지하고 아침 일찍 일어나 성공회 교회를 지나 우암산 정상까지 등산을 하곤 했지. 아버지도 젊으셨을 때 등산을 좋아하셔서 형과 나 그리고 우리 집에서 키우던 강아지 메리를 데리고 우암산 정상까지 삼부자가 올라가곤 했어.

우암산은 그리 험하지 않고, 높이도 300여 미터 정도밖에 되지 않아 어린 나이였지만 아버지와 함께 올라가는 데 커다란 문제는 없었어. 집에서 출발해 천천히 올라가다 보면 한 시간 남짓 걸려 우암산 정상까지 올라갈 수 있어. 메리는 발발이였는데 내가 항상 목줄을 해서 데리고 다녔어. 아주 강아지였을 때 데려와 15년 정도 키웠고 우리 집에서 자연사로 죽었지.

당시 아버지 나이는 40 전후였기 때문에 나와 형까지 챙기시면서 이것저것 말씀하시며 등산을 즐기셨어. 사실 나로서는 조금은 조금은 벅찰 때도 있었지만, 아버지와 형과 함께하는 그 시간이 좋아 힘들 것을 뻔히 알면서도 항상 따라다녔어.

정상까지 올라가고 나면 내려오면서 용화사라는 절을 꼭 들렸어. 용화사에 있는 약수터 때문이야. 한참 땀을 흘려 등산을 하고 난 후에 마시는 시원한 물맛은 정말 일품이었어. 절을 한 바퀴 둘러보고 난 후, 용화사 밑에 있는 삼일 공원에 가기도 했어. 삼일 공원은 1919년 삼일운동 당시 독립선언서에 서명을 한 33명 중에서 6명이 충북 출신이라 그분들을 기념하기 위해 6명의 동상을 세워 놓은 아담한 공원이었어. 6명 중에 다른 분은 잘 모르겠고 손병희 선생은 기억이 난다. 삼일 공원을 한 바퀴 빙 돌고는 집으로 돌아와 어머니께서 해주셔서 먹는 일요일 아침은 그야말로 꿀맛이었지. 밥 한 공기가 눈 깜짝할 사이에 사라져 버렸어.

나는 산을 좋아했었어. 어릴 적 아버지와 우암산을 많이 올라서 그런지 모르지만 어쨌든 대학 가서도 친구들과 산을 많이 다녔어. 산은 올라갈 때는 힘이 들지만 올라가서 내려다보는 경치는 마음을 후련하게 해 주거든. 새로운 도전의 마음도 생기기 마련이지. 비록 순간일지 모르지만 많은 것을 잊을 수 있게 돼. 그리고 새로운 마음이 생기도 하고. 힘이 들어도 하면 된다는 생각이 들고. 예전에 교통사고로 인해 오래도록 산을 다니지 못했어. 얼마 전부터는 다시 오를 수 있게 되었어. 홀로 한라산 정상 백록담도 오르고, 다른 친구나 지인들과 덕유산, 오대산, 속리산 등도 얼마 전에 올랐어. 앞으로 시간이 나면 더 나이가 들기 전에 우리나라에서 아직 올라보지 못한 유명한 산들과 백두대간 그리고 북한의 백두산도 한번 가보고 싶어. 더 큰 꿈은 현실적으로 가능할지 모르겠지만 아프리카에 있는 킬리만자로도 한번 도전해 보고 싶은 마음도 있어.

하지만 내가 가장 오르고 싶은 산은 우암산이야. 나 홀로 오르는 것이 아니라 어릴 때처럼 아버지와 함께 우암산 정상을 밟았으면 좋겠어. 그날이 올 수 있기를 지금도 마음속으로 얼마나 바라고 있는지 몰라. 아버지 돌아가시기 전에 그런 기회가 주어진다면 나는 아무리 유명한 명산을 오른 것보다 훨씬 더 기분이 좋을 것 같아. 우암산 정상에서 아버지와 함께 사진 찍을 수 있다면 그 사진은 내가 죽을 때까지 영원히 간직하려고 해. 아마 내가 제일 아끼는 보물로 남을 것 같아.

친구야,

내가 아버지와 함께 우암산에 오를 수 있는 날이 꼭 오기를 응원해 주길 바래. 다음에 기회가 되면 너도 함께 올라가면 좋을 것 같아.

48. 피아노를 배우며

친구야,

너도 음악을 많이 좋아하지? 난 시간이 날 때면 음악을 많이 듣곤 해. 예전엔 악기도 배우려고 노력도 많이 했었지.

대학 1학년 때 실내악단 동아리에 들어갔었어. 음악을 들으면 왠지 마음이 편했어. 듣기만 하지 말고 직접 연주도 해보고 싶었지. 그전에 악기를 배운 것이 없어서 그냥 바이올린을 하기로 했어. 종로에 있는 낙원 상가에 가서 당시 10만 원 정도를 주고 바이올린을 샀어.

강의가 없는 시간에 동아리방에 가면 선배들이 조금씩 가르쳐 주었어. "작은 별, 나비야" 같은 쉬운 곡부터 연습을 시작했지. 같은 물리학과에 있는 친구와 함께 나름대로 열심히 배웠어. 여름방학에 시간이 나서 더 많이 연습했어. 스즈키 4권까지 했는데, 그 이상은 나의 한계인 듯싶었어. 이미 나의 손가락은 빠른 음을 잡아내기에는 굳어 있었고, 음감이 없던 나에게 포지션이 넘어가면 정확한 음을 찾아내기 힘들었지.

어쨌든 1학년 때라 시간이 있어 도서관에서 책을 보다 좀 쉬고 싶으면 동아리방에 가서 틈틈이 연습을 했어. 가을에 실내악단

정기연주회가 있는데 그거라도 한번 참여해 보고 싶었어. 실력은 안 되지만 열심히 하는 모습에 간신히 제2 바이올린 맨 뒷줄에서 연주회를 할 수 있었어. 그것이 나의 처음이자 마지막 연주회였지.

2학년이 되면서 전공과목이 4~5개가 되면서 동아리 활동할 시간이 없었어. 물론 학년에 상관없이 열심히 하는 사람들도 많았지만, 나는 나의 길을 그냥 가기로 했어. 바이올린은 접고, 2학년부터 미국에 유학을 갈 준비를 했어. 물리학 전공과목은 당시 한 학기에 4번 정도 시험을 보는 경우가 대부분이었어. 4~5과목이 전공이기에 거의 매주 시험이 있었지. 성적이 나쁘면 유학을 갈 수 없기에 과감하게 동아리에 발을 끊었어. 3학년 때 토플을 보았고, 4학년 때 GRE General과 Subject를 보았어. GRE Subject는 물리학인데 2시간 40분 정도에 100문제를 풀어야 했어. 범위는 물리학 전 범위였지. 문제 수준도 꽤 높았던 것으로 기억해. 따라서 악기에 대한 미련을 완전히 끊고 음악도 거의 듣지 않고 유학 준비에 매달렸어. 졸업을 하고 바로 미국으로 가서 석박사 과정을 시작했어. 그 후로 음악을 가끔 듣긴 했지만, 악기를 만져보지는 못했지. 당시 가지고 있었던 바이올린이 애착이 많아 이사할 때마다 가지고 다녔는데, 어느 순간 잊어버리고 말았어. 그렇게 세월이 흘러 버리고 여기까지 와 버렸네.

습관처럼 요즘도 저녁에 하루 일을 다 하고 나면 음악을 듣곤 해. 클래식, 가요, 팝송 가리지 않고 아무거나 다 들어. 대학 다닐 때 가지고 있었던 바이올린 생각이 가끔 났어. 하지만 없어진 것을 어떻게 하겠니? 어느 날 음악을 듣다가 집에 있는 피아노 생각이 났어. 몇십 년 된 아주 오래된 피아노이긴 하지만 바이올린 대신에 피아노를 배우고 싶다는 생각이 들었어. 피아노 학원을 이 나이에 다니려 하니 좀 그랬어. 집 주위에 학원이 많기는 했지만 매달 교습비로 돈도 나가야 하고 망설여졌어. 고민하다 누나 생각이 났어. 누나는 피아노 부전공으로 예전에 피아노 학원도 오래 했기에 누나한테 배우면 어떨까 싶었지.

비록 자주는 아닐지라도 한 달에 몇 번이라도 누나한테 배우고 혼자 조금씩 연습을 해야겠다는 생각이 들었어. 누나에게 부탁했더니 선뜻 가르쳐 주겠다고 했어. 악보도 잘 볼 줄 모르고, 손도 많이 굳어 있고, 피아노를 전혀 쳐 본 적도 없지만, 그냥 시작하기로 했어.

나는 재능이 많은 사람은 아니야. 하지만 그냥 아무 생각 없이 꾸준히는 하거든. 책도 읽다 보니 지금까지 많지는 않지만, 어느 정도 읽었듯이 피아노도 그냥 시간이 나는 대로 연습할 생각이야.

친구야,

언젠가는 베토벤의 월광 소나타를 치고 싶어. 내가 제일 사랑하는 음악이기에 나 스스로 쳐보고 싶어. 만약 그것이 가능하다면 너에게도 내가 치는 월광 소나타를 들려주도록 할게. 하지만 너무 기대는 하지 말고.

49. 항암치료

친구야,

요즘에는 어머니의 항암치료 때문에 마음이 너무 무겁네. 1차 항암치료가 끝날 때쯤 어머니 손과 발의 피부가 약간씩 검붉게 변하기 시작하며 커다란 물집이 여러 군데에서 잡히기 시작했어. 물집이 너무 커져 걷기도 불편하셔서 내가 물집을 다 터뜨려 짜드렸어. 2차 항암치료가 시작되어 1주가 지나기 시작했을 때 부작용이 갑자기 심해지기 시작했어. 어머니께서 식사를 거의 못하셨어. 입 안을 살펴보니 혀를 비롯해 입안 전체가 이상해져 있었고 혀가 잘 움직이지를 않았어. 설사를 하루에 10번 이상 하시기 시작했어. 손발은 피부가 완전히 검붉게 변했고, 통증이 너무 심해 걷기도 힘들뿐더러 손으로 다른 것을 만지기도 못하셨어. 2차 항암제를 다 복용하고 약을 끊었는데도 상태는 더 심각해지면서 입 안이 완전히 다 헐어 식사를 전혀 하시지를 못하셨어.

의사 선생님께 우선 어머니 손과 발을 보여드렸어. 부작용이 갑자기 심해진 상황을 설명해 드렸고 의사 선생님이 당분간 항암제 복용을 중단하는 것이 낫겠다고 판단하셨어. 일주일 이상 거의 아무것도 드시지 못하셔서 너무 힘들어하시는 어머니를 모시고 집으로 돌아왔어. 하지만 집에서 호전되기는 힘들 것 같으니 당분간 병원에 입원해서 수액과 영양제를 맞는 게 좋을 것 같다는 생각이 들었어. 아버지도 혼자 집에 계시니 집에서 가까운 병원에 입원하는 게 나을 것 같아 입원할 수 있는 병원을 좀 알아본 후 다음 날 아침 바로 짐을 챙겨 어머니를 입원시켜 드리고 바로 수액과 영양제를 링거로 맞기 시작했어. 이미 열흘 정도 거의 드신 것이 없었고, 매일 같이 설사를 너무 많이 해서 어머니는 이미 탈진 상태였어. 몸 안의 수분이 거의 없을 정도라서 침을 삼키기도 힘들어하셨어. 손과 발은 이미 부작용이 심해져서 딱딱해지면서 피부가 갈라져 가기 시작했어. 큰 흉년이 들어 가뭄이 너무 오래 계속되면 논바닥에 물이 다 말라 버리고 딱딱해지면서 쩍쩍 갈라지는 것과 똑같이 어머니의 손과 발이 그렇게 쩍쩍 갈라져 가고 있었어. 수액을 맞으면서도 계속 설사로 화장실을 드나드셔야 했어. 나는 어떻게든 어머니를 수술 전의 상태로 회복시켜 드릴 생각만 했어. 그렇게 되리라고 굳게 믿기만 했어.

내가 병원에 상주하면서 어머니 옆에서 먹고 자고 했어. 시간이 지나며 손과 발에 통증도 서서히 가라앉아 고통스러워하시던 것이 조금씩 줄어들기 시작하더라. 그렇게 9일이 지난 후 혼자 계신 아버지 걱정에 어머니를 모시고 다시 집으로 왔어.

다음 날 아침 어머니 손과 발을 정리해 드리려고 하는데 왼발 엄지발톱이 저절로 완전히 빠져 있었어. 다른 발톱도 보니 다 빠질 것 같았어. 쩍쩍 갈라진 손바닥과 발바닥을 뜯어낼 수 있는 것은 다 뜯어내고 바셀린을 발라 드렸어. 빠진 엄지발톱과 갈라진 손과 발을 보니 마음이 너무 아팠어. 하지만 뜯어낸 손바닥과 발 바닥 아래에는 새로운 살이 돋아 올라오고 있었어. 아기 피부 같 은 생살이었지. 그것을 보고 나서 빠진 엄지발톱을 다시 보았어. 아직 발톱이 하나도 나오지는 않았지만 얼마 지나지 않으면 새로 운 발톱이 나올 거라는 생각이 들었어. 비록 다른 발톱도 다 빠질 것 같아 보였지만, 다 빠지고 나면 다시 새로운 발톱이 다 나오리 라는 확신이 들었어. 그 확신이 들자 마음에 빛이 비치는 것 같았 어. 어둠 속에도 항상 빛은 비추기 마련이라는 생각이 들어.

시간이 어느 정도 지나면서 입맛이 돌아오지는 않았지만 드시는 양이 조금씩 늘어나게 되었고, 매일 열 번에 가깝게 하시던 설사 도 조금씩 줄어들었어. 잦은 설사도 완전히 항암치료의 부작용 때문이었지.

하지만 이제는 항암치료를 계속해야 할지, 중단을 해야 할지 결 정을 해야 했어. 의사와 상의는 하겠지만 선택을 해야만 하는 상 황이었어. 모든 것은 나의 책임으로 돌아갈 거야. 하지만 기꺼이 그 십자가를 내가 져야만 한다는 생각이 들었어. 그리고 마음을 굳게 먹었어. 하늘에 맡기는 것밖에는 내가 할 수 있는 것이 없다 는 생각이 들었어.

미루었던 예약을 다시 하고는 수술한 병원으로 갔어. 오전에 검 사를 하고 담당 선생님을 만나 상담을 했어. 나의 의견을 솔직하 게 말씀드렸어. 선생님도 고민하시더니 항암치료를 중단하는 쪽으로 하고 정기적으로 검사하면서 식사 잘하시고 운동 열심히 하면서 관리하는 쪽으로 선회하는 결정을 했어.

그렇게 어머니의 항암치료는 끝이 났어. 이제 앞으로 어떤 일이 일어날지는 몰라. 나로서는 이것이 최선이란 생각에 한 치의 의심도 들지 않았어. 물론 나의 판단이나 결정이 나중에 어떠한 결과로 될지는 알 수가 없어. 부디 어머니와 함께 할 수 있는 시간이 제발 많이 남았기만을 바랄 뿐이야. 희망이라는 단어가 얼마나 소중한 글자인지 이제는 너무나 잘 알아. 그리고 영원히 그 끈을 절대 놓지는 않을 생각이야.

50. 마라도

친구야,

항암치료를 중단하고 석 달 정도 되니 어머니가 많이 회복되셨어. 여행을 하셔도 될 정도로 건강이 좋아져서 부모님, 현규와 함께 제주 여행을 떠났어. 내가 정말 바랐던 제주 여행이 가능해져서 얼마나 행복한지 몰라.

제주에 도착한 후 마라도를 가기 위해 제주 대정읍 모슬포항에서 배를 탔어. 파도가 거칠면 부모님이 힘드실 것 같아 걱정이 됐었는데 바람이 그리 거세지는 않았어. 모슬포항을 출발해 조금 지나니 가파도가 옆에 보였어. 가파도는 생각보다 큰 섬인 것 같았어. 우리가 탄 여객선은 모슬포항을 출발한 지 30분도 되지 않아 마라도에 도착했어.

우리나라 최남단의 섬인 마라도. 80이 넘으신 부모님도 이곳은 처음이라고 하셨어. 다행히 뱃멀미도 전혀 없으셨고 편안하게 도착할 수 있었지. 현규가 할아버지, 할머니를 너무 잘 챙겨주어서 내 마음도 든든했어.

마라도 선착장은 온통 주위가 새까만 현무암으로 가득했어. 화산이 폭발했던 그 흔적이 여실히 남아 있었고 육지에서는 결코 볼 수 없는 검은색의 절벽이 너무나 인상적이더라. 부모님을 모시고 선착장에서 마라도에 내려섰는데, 바람이 너무나 거세게 불어왔어. 여객선에서 느낀 바람보다 몇 배는 더 세서 순간 당황했어. 모자가 날아갈 정도의 바람이었지. 다른 사람들이 그러는데 마라도는 항상 바람이 그 정도로 세다고 하더라.

아버지가 순간 많이 당황하신 듯했어. 거센 바람에 추위가 느껴질 정도였어. 우리가 내린 선착장은 마라도의 북쪽이기 때문에 '대한민국 최남단'이라는 기념비가 있는 마라도의 남쪽까지 가려면 15분 정도를 걸어가야 했어. 마라도 내에는 이곳에서 거주하는 사람들만 탈 수 있는 조그만 수송용 차가 있지만, 관광객들은 이용할 수 없다고 했어. 기념비까지는 걸어서 가는 방법밖에 없었어. 현규와 내가 부모님을 가운데 모시고 거센 바람을 뚫고 걸어가기 시작했어. 아버지께서 조금 걸으시더니 바람이 너무 거센 바람에 힘에 부치신 모습이었어. 계속 걸으실 수 있는지 여쭈어보았는데 아무래도 힘들 것 같다고 말씀하시는 것이었어. 기념비까지 가면 너무나 좋을 텐데 많이 아쉬웠지만, 아버지를 위해 일단 선착장에서 가까운 식당에 모시고 들어갔어. 자리를 잡고 따스한 음료수를 일단 주문했어.

일정상 한 시간 지나서 들어오는 다음 여객선을 타고 다시 제주로 들어가야 했어. 그 여객선이 그날의 마지막 제주로 돌아가는 여객선이어서 우리에게 주어진 시간은 한 시간밖에 없었지. 어머니께서 아버지하고 식당에 있을 테니 현규하고 기념비석에 다녀오라고 말씀하셨어. 부모님께 그 기념비에서 사진이라도 찍어드리려고 마라도까지 온 것인데 너무 아쉬웠어. 현규도 마라도가 처음이었고 나도 마찬가지였어. 언제 다시 마라도에 올지 알 수가 없었기에 일단 현규를 데리고 '대한민국 최남단'이 새겨진 기념비석으로 향했어.

15분 남짓 걸렸지만, 바람이 워낙 세서 나조차도 걷기가 힘들었어. 하지만 걸으면서 보는 드넓은 바다의 모습은 정말 장관이었어. 가는 길에 우리나라 최남단 성당과 교회도 있더라. 현규와 기념비석에서 사진을 찍고 다시 부리나케 부모님이 기다리는 식당으로 돌아왔어. 아버지는 따스한 차를 드셔서 그런지 아까보다는 조금 안정된 모습이셨어. 아직 여객선이 오려면 30분 정도 시간이 남아 있어서 아버지께 다시 기념비석을 가보시겠냐고 여쭈어보니 어머니라도 모시고 가서 구경시켜 드리라고 하셨어. 현규에게 아버지하고 있으라고 부탁을 하고, 어머니를 모시고 다시 기념비석으로 향했어. 자칫 시간이 늦어 여객선을 놓칠지도 모르니 시계를 보며 걸음을 재촉했지. 어머니께서는 그래도 씩씩하게 잘 걸으시며 갈 수 있었어.

저 멀리 끝없이 펼쳐진 수평선을 보며 기념비석으로 향했어. "대한민국 최남단" 기념비석에서 어머니와 함께 사진을 찍었어. 어머니께서도 80을 사시면서 처음 와보는 곳이라 그런지 조금은 흥분된 듯한 모습이셨지. 너무나 만족해하시는 어머니의 모습에 내 마음도 벅차올랐어.

친구야,

지난 2년 반 동안 아버지, 어머니 두 분이 많이 편찮으신 관계로 정말 정신이 없었어. 그 외에도 다른 어렵고 힘들 일들로 겹쳤고. 어떻게 나도 그 시기를 다 버텨냈는지 모르겠어. 그래도 두 분 모두 말기암이었지만 수술도 잘 되고 많이 회복이 되셔서 이렇게 마라도까지 올 수 있는 것에 대해 정말 감사할 뿐이야. 두 분이 더욱 건강하기만을 얼마나 기도했는지 몰라. 나에게 부모님을 모시고 우리나라 최남단 마라도에 올 수 있게 된 것은 아마도 하늘이 내려 준 축복인 것 같아. 오늘 나는 정말 많이 행복했어.

너에게 보내는 편지

정 태 성 수필집 (15)   값 12,000원

초판발행   2022년 11월 1일
지 은 이   정태성
펴 낸 이   도서출판 코스모스
펴 낸 곳   도서출판 코스모스
등록번호   414-94-09586
주   소   충북 청주시 서원구 신율로 13
대표전화   043-234-7027
팩   스   050-4374-5501

ISBN 979-11-91926-30-9